Denken mit Johann Wolfgang Goethe

Herausgegeben und
mit einem Vorwort von
Ernst Freiherr von Feuchtersleben
Mit einer Schlußbemerkung
von Hans Tabarelli

Diogenes

Die vorliegende Auswahl
erschien erstmals 1949 unter dem Titel
›Gedanken und Aussprüche‹
im Georg Prachner Verlag, Wien und Stuttgart,
sowie 1988 als Diogenes Taschenbuch
Umschlagillustration: Joseph Schmeller,
›Goethe in seinem Arbeitszimmer,
seinem Schreiber John diktierend‹, 1831
(Ausschnitt)
Foto: Bildarchiv
Preußischer Kulturbesitz,
Berlin

Veröffentlicht als Diogenes Taschenbuch, 2005

www.diogenes.ch
30/05/36/1
ISBN 3 257 23488 0

Wenn wir immer ein offenes Herz hätten, das Gute zu genießen, das uns Gott für jeden Tag bereitet, wir würden alsdann auch Kraft genug haben, das Übel zu tragen, wenn es kommt.

Goethe

Vorwort

Goethe! – welche Welt von Vorstellungen tut sich vor uns auf, wenn wir diesen Namen nennen! es ist nicht das Leben eines Menschen, was er bezeichnet, – es ist eine ganze Zeit, eine Bildungsepoche, der wir selbst angehören. Ein solches Ganzes läßt sich nicht in den Rahmen einiger Blätter fassen, und sein Leben hat Goethe selbst am besten beschrieben; uns bleibt also nur eine verjüngte Zeichnung in wenigen charakteristischen Zügen möglich.

Dieser wunderbare Mann des Jahrhunderts (wie ihn ein französischer Schriftsteller nennt) wurde in Frankfurt am Main am 28. August 1749 geboren und wuchs in Zuständen auf, wie sie ein wohlgegründetes bürgerliches Hauswesen in einer lebensvollen Handelsstadt mit sich bringt. Der ernste, tüchtige, fast zum Pedantischen neigende Charakter des Vaters, das poetische, praktische, die Welt mit leichtem Sinne hinnehmende Naturell der Mutter verbanden sich im Sohne zu einem glücklichen Ganzen. Dazu kam eine gesunde, kräftige Organisation, Anmut und Würde der Erscheinung, die mannigfachsten Anlagen und die schönsten Gelegenheiten, sie frühzeitig zu bilden und zu üben, endlich die Übereinstimmung der ersten öffentlichen Schritte mit dem, was eben die Zeit bedurfte und wollte, und die Anerkennung eines geistvollen Fürsten, – und so entstand eine Erscheinung, wie sie die Welt noch nicht gesehen hatte. »Es war – sagt ein geistvoller Brite – als ob Zufall, Gaben und Bemühen sich verabredet hätten, einen Charakter im höchsten Stile zu bilden.« Und wenn wir Goethes Wesen und Wirken im ganzen überblicken, so ist es vielleicht weniger die Größe seiner einzelnen Fähigkeiten, als die Harmonie aller, was ihn so einzig macht. Sein Auftreten als Dichter fiel in eine Zeit der Aufregung und der Krise in Deutschland, von der schwer zu bestimmen ist, ob sie mehr zu seiner oder er mehr zu ihrer Gärung und Entwicklung beigetragen habe. So viel ist gewiß, daß, nachdem er in Leipzig seine juristischen Studien begonnen und für alle seine späteren Bestrebungen einen reellen Boden tüchtiger Bildung gelegt, und nachdem er sie in Straßburg, wo Natur und Shakespeare das Losungswort wurden, vollendet, – sein »Götz von Berlichingen« und »Werther« eine Wirkung auf ganz Deutschland machten, wie man sie vorher nie erfahren hatte. Sie trafen das Leben und die Gegenwart. Der Erbprinz von Weimar, feurig für alles Große und Schöne, sah den Dichter des Werther – und lud ihn, als er die Regierung angetreten, an seinen Hof. Hier gestaltete sich nun jene halb berühmte, halb verrufene Genie-Epoche, von der so viel geschrieben und gefabelt wird. Wie oft klagt man über das Zeremoniell und Formelwesen, das jede freie Kraftäußerung hemmt! tritt einmal der entgegengesetzte

Fall ein, – so klagt man wieder. Allein diese Epoche war nur ein Übergang. Goethe machte 1786 eine Reise nach Italien und – kam als ein anderer, und doch wieder ganz er selbst, zurück. Er war sich klar geworden. Die Gärung war vorüber; an der Erkenntnis der Griechen läuterte sich sein Streben; – er schuf Meisterwerke auf Meisterwerke. Merkwürdig bleibt es, daß Goethe, obwohl zeitlebens hochgeehrt, doch, je reiner und heller sein Innerstes hervortrat, desto weniger den rauschenden Beifall der Menge fand, den seine ersten, dunklen, leidenschaftlichen Ausbrüche erregt hatten. Den allgemeinsten und dauerndsten Enthusiasmus rief sein »Faust« hervor, – der gerade in den Mittelpunkt zwischen der Periode des Dranges und der des Bewußtseins fiel. Hier scheint die rechte Sphäre der poetischen Wirkung zu sein. Später teilte sich das Publikum für Goethe in abgöttische Verehrer und Gegner, von denen ihm die erstern wohl mehr schadeten als die letzten. Inzwischen stieg er auch im äußern Leben von einer Stufe der Würde zur andern empor. Er erschien an der Seite seines Fürsten, über den er alles vermochte, als ein wohltätiger Genius, und wenig Treffliches geschah, was nicht Goethe veranlaßt oder vollendet hätte. Aber nicht nur sein Herzog, – fast alle Großen der Erde wetteiferten, ihm ihre Anerkennung zu beweisen. Er stieg bis zum Minister, erhielt von Alexander den Newsky-Orden, von Napoleon das Großkreuz der Ehrenlegion und hundert Auszeichnungen jeder Art. So, auf dem Gipfel des innern wie des äußern Lebens, genoß Goethe, auch von der Natur mit Liebe gehegt und gepflegt, eine nur wenigen beschiedene Reihe von gesegneten Jahren in rastloser, aber behaglicher Tätigkeit. In der zweiten Hälfte seines Lebens wendete er sich von der poetischen Schöpfung mehr der wissenschaftlichen Betrachtung zu, – und mitten aus ernsten Studien der Geschichte und Natur rief ihn der stille Genius aus einer Welt, deren Wirkungskreise für diesen Geist zu eng waren.

Goethe starb am 22. März 1832. Unermeßlich sind die Wirkungen, die von ihm ausgingen, unvergleichbar war die seiner Persönlichkeit. Eine Würde ohne Prätention, eine ungesuchte Hoheit, eine durch Humor gemilderte, liebevolle Größe lag im Ausdrucke seines ganzen Wesens, welche unaussprechlich wirkten. Am treffendsten bezeichnet ihn vielleicht das Wort eines deutschen Dichters, der, von ihm kommend, sagte: »Mir war vor ihm zumute wie vor einem, der zugleich mein König und mein Vater ist.«

Es ist Pflicht der Biographen, Irrtümer zu berichtigen, die sich über den Charakter und Wert eines solchen Mannes verbreitet haben. Die Nachwelt soll nicht sagen dürfen: der Deutsche habe seine größten Männer verkannt. Man hat häufig Goethe Mangel an Teilnahme für die Interessen des Staates, der Menschheit vorgeworfen; ein solcher Vorwurf zerfließt bei einigem Studium seiner Werke; wie konnte einem Geiste, einem Herzen wie diesem das Menschliche fremd bleiben? Man verstand die weise Zurückhaltung, die stille, aber große Lehre nicht, die in seinem Schweigen über solche Gegenstände lag. Man hat gesagt, er sei nie recht populär geworden; wann war das wahrhaft Große populär? Man hat ihm Stolz vorgeworfen, – weil er nicht jeden Dichterling und Afterphilosophen, der nach Weimar kam, als Bruder begrüßte und umarmte. Man hat ihn endlich als Dichter, zu seinem Nachteile, mit Schiller verglichen. Abgesehen davon, daß niemand in der Welt Goethes Größe tiefer erkannte und inniger empfand als Schiller, der erst durch ihn über sich selbst aufgeklärt wurde, wird, was wir über Goethe als Schriftsteller zu sagen haben, auch uns hierüber aufklären.

Seine Werke, die ganz Europa, ja die gebildete Welt kennt, zu analysieren, ist hier der Ort nicht. Aber folgendes wird genügen. Man beurteilt Goethe sehr einseitig, ja völlig irrig, wenn man ihn bloß als Dichter auffaßt. Die Poesie war nur ein Teil seines Wesens und seiner Bestrebungen. Diese gehörten der Welt, dem Leben, der Wissenschaft im Großen, im Ganzen, an. Sein Leben bezeichnet den Bildungsgang einer ganzen Zeit, und seine Werke müssen nicht, wie die anderer Dichter, bloß an sich, sondern als Fragmente seiner Biographie, die sie, zusammengenommen, darstellen, betrachtet werden. Sie drücken Bildungsstufen aus. Darum ist schon an den poetischen die Vielseitigkeit, die nicht ihresgleichen in der Welt der Dichtkunst hat, das Hervorspringendste. Die Gedichte, welche, vom erhabensten Schwunge bis zum tändelndsten Scherze, alle Gefühle der Menschenbrust anklingen, der naturempfundene

Werther, der lebensvolle Wilhelm Meister, die tiefsittlichen Wahlverwandtschaften, die philosophischen Wanderjahre, die reizenden kleinen Erzählungen, der treuherzige Berlichingen, der groß und tragisch gedachte Egmont, der dem Leben nachgemalte Clavigo, die reine hohe Iphigenia, der gehaltvolle Tasso, der gigantische Faust, die feine Eugenie, die psychologischen Lustspiele, die leichten Operetten, die innigen Geschwister, die hochpoetische Pandora, die homerische Achilleis, der deutschgemütliche Hermann, der satirische Reinecke, der behagliche Divan, – sind Gebilde einer Hand! derselben, die in den »Propyläen« der bildenden Kunst einen Tempel gebaut, – derselben, welche Winckelmanns und Hackerts Leben gezeichnet, Cellini, Diderot und Voltaire den Deutschen nähergerückt, eine Farbenlehre entworfen, die Morphologie der Pflanzen und Tiere ausgebildet, die Gestalten der Wolken festgehalten, die der Gebirge belebt, – welche den Osten nach dem Westen gezaubert, das Altertum lebendig mit der jüngsten Gegenwart vermählt hat. In allen diesen Regionen drang der gewaltige Geist bis in die innerste Tiefe, und es bezeichnet ihn, daß er überall, mit dem Gegenstande selbst gleichsam eins und verwachsen, das Lösungswort des Rätsels aussprach. *Das* war Goethe, – und die Zeit ist ihm so wenig vorangeeilt, daß vielmehr noch viele Zeiten verrinnen werden ins Meer der Ewigkeit, ehe die Zeit reif genug sein wird, ihn völlig zu begreifen.

Ernst Freiherr von Feuchtersleben

Gedanken
und Aussprüche

Über Sammlungen von Aphorismen

Das ist das Lehrreiche von sittlichen Mitteilungen, daß der Mensch erfahre, wie es anderen ergangen, und was auch er vom Leben zu erwarten habe, und daß er, es mag sich ereignen was will, bedenke, dieses widerfahre ihm als Menschen, und nicht als einem besonders Glücklichen oder Unglücklichen. Nützt ein solches Wissen nicht viel, um die Übel zu vermeiden, so ist es doch sehr dienlich, daß wir uns in die Zustände finden, sie ertragen, ja sie überwinden lernen.

Einen guten Gedanken, den wir gelesen, etwas Auffallendes, das wir gehört, tragen wir wohl in unser Tagebuch. Nähmen wir uns aber zugleich die Mühe, aus den Briefen unserer Freunde eigentümliche Bemerkungen, originelle Ansichten, flüchtige geistreiche Worte aufzuzeichnen, so würden wir sehr reich werden. Briefe hebt man auf, um sie nie wieder zu lesen; man zerstört sie zuletzt einmal aus Diskretion, und so verschwindet der schönste unmittelbarste Lebenshauch unwiederbringlich für uns und andere.

Briefe gehören unter die wichtigsten Denkmäler, die der einzelne Mensch hinterlassen kann. Lebhafte Personen stellen sich schon bei ihren Selbstgesprächen manchmal einen abwesenden Freund als gegenwärtigen vor, dem sie ihre innersten Gesinnungen mitteilen, und so ist auch der Brief eine Art von Selbstgespräch. Denn oft wird ein Freund, an den man schreibt, mehr der Anlaß als der Gegenstand des Briefes. Was uns freut oder schmerzt, drückt oder beschäftigt, löst sich von dem Herzen los, und als dauernde Spuren eines Daseins, eines Zustandes, sind solche Blätter für die Nachwelt immer wichtiger, je mehr dem Schreibenden nur der Augenblick vorschwebte, je weniger ihm eine Folgezeit in den Sinn kam.

Der Mensch ist ein geselliges, gesprächiges Wesen; seine Lust ist groß, wenn er Fähigkeiten ausübt, die ihm gegeben sind, und wenn auch weiter nichts dabei herauskäme. Wie oft beklagt man sich in Gesellschaft, daß einer den andern nicht zum Worte kommen läßt, und ebenso kann man sagen, daß einer den andern nicht zum Schreiben kommen ließe, wenn nicht das Schreiben gewöhnlich ein Geschäft wäre, das man einsam und allein abtun muß.

Wieviel die Menschen schreiben, davon hat man noch gar keinen Begriff. Von dem, was davon gedruckt wird, will ich gar nicht reden, ob es gleich genug wird. Was aber an Briefen und Nachrichten und Geschichten, Anekdoten, Beschreibungen von gegenwärtigen Zuständen einzelner Menschen, in Briefen und größeren

Aufsätzen in der Stille zirkuliert, davon kann man sich eine Vorstellung machen, wenn man in gebildeten Familien eine Zeitlang lebt.

Wer bescheidet sich nicht gern, daß reine Bemerkungen seltner sind, als man glaubt? Wir mischen so schnell unsere Empfindungen, unsere Meinung, unser Urteil mit dem, was wir erfahren, daß wir in dem ruhigen Zustande des Beobachters nicht lange verharren, sondern bald Betrachtungen anstellen, auf die wir kein größeres Gewicht legen dürfen, als insofern wir uns auf die Natur und Ausbildung unseres Geistes einigermaßen verlassen möchten.

Die Wahlsprüche deuten auf das, was man nicht hat, wonach man strebt. Man stellt sich solches wie billig immer vor Augen.

Madame Roland, auf dem Blutgerüste, verlangte Schreibzeug, um die ganz besonderen Gedanken aufzuschreiben, die ihr auf dem letzten Wege vorgeschwebt. Schade, daß man ihr's versagte; denn am Ende des Lebens gehen dem gefaßten Geiste Gedanken auf, bisher undenkbare; sie sind wie selige Dämonen, die sich auf den Gipfeln der Vergangenheit glänzend niederlassen.

Welt

Die Welt ist nur ein einfach Rad, in dem ganzen Umkreise sich gleich und gleich, das uns aber so wunderlich vorkommt, weil wir selbst mit herumgetrieben werden.

Mißgunst und Haß beschränken den Beobachter auf die Oberfläche, selbst wenn Scharfsinn sich zu ihnen gesellt; verschwistert sich dieser hingegen mit Wohlwollen und Liebe, so durchdringt er die Welt und den Menschen, ja er kann hoffen, zum Allerhöchsten zu gelangen.

Das Gewebe dieser Welt ist aus Notwendigkeit und Zufall gebildet; die Vernunft des Menschen stellt sich zwischen beide und weiß sie zu beherrschen; sie behandelt das Notwendige als den Grund ihres Daseins; das Zufällige weiß sie zu lenken, zu leiten und zu nutzen, und nur indem sie fest und unerschütterlich steht, verdient der Mensch ein Gott der Erde genannt zu werden. Wehe dem, der sich von Jugend auf gewöhnt, in dem Notwendigen etwas Willkürliches finden zu wollen, der dem Zufälligen eine Art von Vernunft zuschreiben möchte, welcher zu folgen sogar eine Religion sei. Heißt das etwas weiter, als seinem eigenen Verstande entsagen, und seinen Neigungen unbedingten Raum geben? Wir bilden uns ein, fromm zu sein, indem wir ohne Überlegung hinschlendern, uns durch angenehme Zufälle determinieren lassen, und endlich dem Resultate eines solchen schwankenden Lebens den Namen einer göttlichen Führung geben.

Die Welt ist eine Glocke, die einen Riß hat, sie klappert, aber sie klingt nicht.

Wie in Rom außer den Römern noch ein Volk von Statuen war, so ist außer dieser realen Welt noch eine Welt des Wahns, viel mächtiger beinahe, in der die meisten leben.

Wenn die Menschen recht schlecht werden, haben sie keinen Anteil mehr als die Schadenfreude.

In der Welt ist im Grunde des Guten so viel als des Bösen; weil aber niemand leicht was Gutes erdenkt, dagegen jedermann sich einen großen Spaß macht, was Böses zu erfinden und zu glauben, so gibt's der favorablen Neuigkeiten so viel.

Man verdient wenig Dank von den Menschen, wenn man ihr inneres Bedürfnis erhöhen, ihnen eine große Idee von ihnen selbst geben, ihnen das Herrliche eines wahren, edlen Daseins zum Gefühl bringen will. Aber wenn man die Vögel belügt, Märchen erzählt, von Tag zu Tag ihnen forthelfend, sie verschlechtert, da ist man ihr Mann und darum gefällt sich die neuere Zeit in so viel Abgeschmacktem.

Wenn man der Welt was zuliebe gemacht, so wird sie dafür sorgen, daß man es nicht zum zweiten Male tue.

In der Welt kommt's nicht drauf an, daß man die Menschen kenne, sondern daß man im Augenblick klüger sei als der vor uns Stehende. Alle Jahrmärkte und Marktschreier geben Zeugnis.

In der Welt ist es sehr selten mit dem *Entweder-Oder* getan; die Empfindungen und Handlungsweisen schattieren sich so mannigfaltig, als Abfälle zwischen einer Habichts- und Stumpfnase sind.

Es ist gut, daß der Mensch, der erst in die Welt tritt, viel von sich halte, daß er sich viele Vorzüge zu erwerben denke, daß er alles möglich zu machen suche; aber wenn seine Bildung auf einem gewissen Grade steht, dann ist es vorteilhaft, wenn er sich in einer größeren Masse verlieren lernt, wenn er lernt, um anderer willen zu leben und seiner selbst in einer pflichtmäßigen Tätigkeit zu vergessen. Da lernt er erst sich selbst kennen, denn das Handeln eigentlich vergleicht uns mit andern.

Es ist in der Welt nicht schwer zu bemerken, daß sich der Mensch am freisten und am völligsten von seinen Gebrechen los und ledig fühlt, wenn er sich die Mängel anderer vergegenwärtigt und sich darüber mit behaglichem Tadel verbreitet. Es ist schon eine ziemlich angenehme Empfindung, uns durch Mißbilligung und Mißreden über unsersgleichen hinauszusetzen, weswegen auch hierin die gute Gesellschaft, sie bestehe aus wenigen oder mehreren, sich am liebsten ergeht. Nichts aber gleicht der behaglichen Selbstgefälligkeit, wenn wir uns zu Richtern der Obern und Vorgesetzten, der Fürsten und Staatsmänner erheben, öffentliche Anstalten ungeschickt und zweckwidrig finden, nur die möglichen und wirklichen Hindernisse beachten, und weder die Größe der Intention noch die Mitwirkung anerkennen, die bei jedem Unternehmen von Zeit und Umständen zu erwarten ist.

Man kann die Erfahrung nicht früh genug machen, wie entbehrlich man in der Welt ist. Welche wichtige Personen glauben wir zu sein! Wir denken allein den Kreis zu beleben, in welchem wir wirken; in unserer Abwesenheit muß, bilden wir uns ein, Leben, Nahrung und Atem stocken; und die Lücke, die entsteht, wird kaum bemerkt, sie füllt sich so geschwind wieder aus, ja sie wird oft nur der Platz, wo nicht für etwas Besseres, doch für etwas Angenehmeres.

Was das für Menschen sind, deren ganze Seele auf dem Zeremoniell ruht, deren Dichten und Trachten jahrelang dahin geht, wie sie um einen Stuhl weiter hinauf bei Tisch sich einschieben wollen! Und nicht, daß sie sonst keine Angelegenheiten hätten: nein, vielmehr häufen sich die Arbeiten, eben weil man über den kleinen Verdrießlichkeiten von Beförderung der wichtigen Sachen abgehalten wird.

Es haben die Großen der Welt sich der Erde bemächtigt; sie leben in Herrlichkeit und Überfluß. Der kleinste Raum unseres Weltteils ist schon in Besitz genommen, jeder Besitz befestigt, Ämter und andere bürgerliche Geschäfte tragen wenig ein; wo gibt es nun noch einen rechtmäßigeren Erwerb, eine billigere Eroberung, als den Handel? Haben die Fürsten dieser Welt die Flüsse, die Wege, die Häfen in ihrer Gewalt, und nehmen von dem, was durch und vorbeigeht, einen starken Gewinn; sollen wir nicht mit Freuden die Gelegenheit ergreifen, und durch unsere Tätigkeit auch Zoll von jenen Artikeln nehmen, die teils das Bedürfnis, teils der Übermut den Menschen unentbehrlich gemacht hat?

Mit einem klaren Geiste wird man leicht bekannt, und mit dem Weltmanne findet ihr's leicht bequem, weil er durchaus offen erscheint, ohne eben gerade aufrichtig zu sein.

Mit Geschäfts- und Weltleuten, die sich gar vielerlei aus dem Stegreife müssen vortragen lassen, und deshalb immer auf ihrer Hut sind, um nicht hintergangen zu werden, ist viel besser auch in wissenschaftlichen Dingen zu handeln, weil sie den Geist freihalten und dem Referenten aufpassen ohne weiteres Interesse, als eigene Aufklärungen; da Gelehrte hingegen gewöhnlich nichts hören, als was sie gelernt und gelehrt haben und worüber sie mit ihresgleichen übereingekommen sind. An die Stelle des Gegenstandes setzt sich ein Wort – Kredo, bei welchem denn so gut zu verharren ist, als bei irgendeinem andern.

Es ist besser, das geringste Ding von der Welt zu tun, als eine halbe Stunde für gering halten.

Mut und Bescheidenheit sind die unzweideutigsten Tugenden; denn sie sind von der Art, daß Heuchelei sie nicht nachahmen kann; auch haben sie die Eigenschaft gemein, sich beide durch dieselbe Farbe auszudrücken.

Unter allem Diebsgesindel sind die Narren die schlimmsten; sie rauben euch beides: Zeit und Stimmung.

Uns selbst zu achten, leitet unsere Sittlichkeit, andere zu schätzen, regiert unser Betragen.

Leben

Wenn ihr das Leben gar zu ernsthaft nehmt, was ist denn dran? Wenn uns der Morgen nicht zu neuen Freuden weckt, am Abend uns keine Lust zu hoffen übrig bleibt; ist's wohl des An- und Ausziehens wert? Scheint mir die Sonne heute, um das zu überlegen, was gestern war? und um zu raten, zu verbinden, was nicht zu erraten, nicht zu verbinden ist, das Schicksal eines kommenden Tages?

Alles Behagen am Leben ist auf eine regelmäßige Wiederkehr der äußeren Dinge gegründet. Der Wechsel von Tag und Nacht, der Jahreszeiten, der Blüten und Früchte und was uns sonst von Epoche zu Epoche entgegentritt, damit wir es genießen können und sollen, diese sind die eigentlichen Triebfedern des irdischen Lebens. Je offener wir für diese Genüsse sind, desto glücklicher fühlen wir uns; wälzt sich aber die Verschiedenheit dieser Erscheinungen vor uns auf und nieder, ohne daß wir daran teilnehmen, sind wir gegen so holde Anerbietungen unempfänglich, dann tritt das größte Übel, die schwerste Krankheit ein, man betrachtet das Leben als eine ekelhafte Last. Von einem Engländer wird erzählt, er habe sich aufgehängt, um nicht mehr täglich sich aus- und – anzuziehen. Ich kannte einen wackeren Gärtner, den Aufseher einer großen Parkanlage, der einmal mit Verdruß ausrief: soll ich denn immer diese Regenwolken von Abend gegen Morgen ziehen sehen. Man erzählt von einem unserer trefflichsten Männer, er habe mit Verdruß das Frühjahr wieder aufgrünen gesehen und gewünscht, es möchte zur Abwechslung einmal rot erscheinen. Dieses sind eigentlich die Symptome des Lebensüberdrusses, der nicht selten in den Selbstmord ausläuft, und bei denkenden, in sich gekehrten Menschen häufiger ist, als man glauben kann.

Oh, es ist mit der Ferne wie mit der Zukunft! Ein großes dämmerndes Ganzes ruht vor unserer Seele, unsere Empfindung verschwimmt darin wie unser Auge, und wir sehen uns, ach, unser ganzes Wesen hinzugeben, uns mit aller Wonne eines einzigen, großen, herrlichen Gefühls ausfüllen zu lassen – und, ach! wenn wir hinzu eilen, wenn das Dort nun Hier wird, ist alles vor wie nach, und wir stehen in unserer Armut, in unserer Eingeschränktheit, und unsere Seele lechzt nach entschlüpftem Labsale.

So sehnt sich der unruhigste Vagabund zuletzt wieder nach seinem Vaterlande und findet in seiner Hütte, an der Brust seiner Gattin, in dem Kreise seiner Kinder, in den Geschäften zu ihrer Erhaltung die Wonne, die er in der weiten Welt vergebens suchte.

Trenne alles, was eigentlich Geschäft ist, vom Leben. Das Geschäft verlangt Ernst und Strenge, das Leben Willkür; das Geschäft die reinste Folge, dem Leben tut eine Inkonsequenz oft not, ja sie ist liebenswürdig und erheiternd. Bist du bei dem einen sicher, so kannst du bei dem andern desto freier sein; anstatt daß bei einer Vermischung das Sichere durch das Freie weggerissen und aufgehoben wird.

Seelenleiden, in die wir durch Unglück oder eigene Fehler geraten, sie zu heilen, vermag der Verstand nichts, die Vernunft wenig, die Zeit viel, entschlossene Tätigkeit hingegen alles.

Erscheinen uns denn eben die schönsten Farben des Lebens nur auf dunklem Grunde? Und müssen Tropfen fallen, wenn wir entzückt werden sollen? Ein heiterer Tag ist wie ein grauer, wenn wir ihn ungerührt ansehen, und was kann uns rühren, als die stille Hoffnung, daß die angeborene Neigung unseres Herzens nicht ohne Gegenstand bleiben werde? Uns rührt die Erzählung jeder guten Tat, uns rührt das Anschauen jedes harmonischen Gegenstandes; wir fühlen dabei, daß wir nicht ganz in der Fremde sind, wir wähnen einer Heimat näher zu sein, nach der unser Bestes, Innerstes ungeduldig hinstrebt.

Ein Faktum unseres Lebens gilt nicht, insofern es wahr ist, sondern insofern es etwas zu bedeuten hatte.

Wie schwer es ist, daß der Mensch recht abwäge, was man aufopfern muß gegen das, was zu gewinnen ist! wie schwer, den Zweck zu wollen und die Mittel nicht zu verschmähen! Viele verwechseln gar die Mittel und den Zweck, erfreuen sich an jenen, ohne diesen im Auge zu behalten. Jedes Übel soll an der Stelle geheilt werden, wo es zum Vorschein kommt, und man bekümmert sich nicht um jenen Punkt, wo es eigentlich seinen Ursprung nimmt, woher es wirkt. Deswegen ist es so schwer Rat zu pflegen, besonders mit der Menge, die im Täglichen ganz verständig ist, aber selten weiter sieht, als auf morgen. Kommt nun gar dazu, daß der eine bei einer gemeinsamen Anstalt gewinnen, der andere verlieren soll, da ist mit Vergleich nun gar nichts auszurichten. Alles eigentlich gemeinsame Gute muß durch das unumschränkte Majestätsrecht gefördert werden.

Was ist reizender, als der Anblick eines Schiffes, das von einer glücklichen Fahrt wieder anlangt, das von einem reichen Fange frühzeitig zurückkehrt! Nicht der Verwandte, der Bekannte, der Teilnehmer allein, ein jeder fremde Zuschauer wird hingerissen, wenn er die Freude sieht, mit welcher der eingesperrte Schiffer ans Land springt, noch ehe sein Fahrzeug es ganz berührt, sich wieder frei fühlt und nunmehr das, was er dem falschen Wasser entzogen, der getreuen Erde anvertrauen kann. Nicht in Zahlen allein erscheint uns der Gewinn; das Glück ist die Göttin der lebendigen Menschen, und um ihre Gunst wahrhaft zu empfinden, muß man leben und

Menschen sehen, die sich recht lebendig bemühen und recht sinnlich genießen.

Wenn die Natur gewöhnlichen Menschen die köstliche Mitgift nicht versagt, ich meine jenen lebhaften Trieb, von Kindheit an die äußere Welt mit Lust zu ergreifen, sie kennen zu lernen, sich mit ihr in Verhältnis zu setzen, mit ihr verbunden ein Ganzes zu bilden, so haben vorzügliche Geister öfters die Eigenheit, eine Art von Scheu vor dem wirklichen Leben zu empfinden, sich in sich selbst zurückzuziehen, in sich selbst eine eigene Welt zu erschaffen und auf diese Weise das Vortrefflichste nach innen bezüglich zu leisten. Findet sich hingegen in besonders begabten Menschen jenes gemeinsame Bedürfnis, eifrig zu allem, was die Natur in sie gelegt hat, auch in der äußeren Welt die antwortenden Gegenbilder zu suchen und dadurch das Innere völlig zum Ganzen und Gewissen zu steigern; so kann man versichert sein, daß auch so ein für Welt und Nachwelt erfreuliches Dasein sich ausbilden werde.

Es darf uns nicht niederschlagen, wenn sich uns die Bemerkung aufdringt, das Große sei vergänglich; vielmehr wenn wir finden, das Vergangene sei groß gewesen, muß es uns aufmuntern, selbst etwas von Bedeutung zu leisten, das fortan unsere Nachfolger, und wär es auch schon in Trümmer zerfallen, zu edler Tätigkeit aufrege, woran es unsere Vorvorderen niemals haben ermangeln lassen.

Wieviel Jahre muß der Hirsch im Walde, der Fisch im Fluß oder Meere zubringen, bis er unsere Tafel zu besetzen würdig ist, und was hat die Hausfrau, die Köchin nicht alles in der Küche zu tun! Mit welcher Nachlässigkeit schlürft man die Sorge des entferntesten Winzers, des Schiffers, des Kellermeisters beim Nachtische hinunter, als müsse es so sein. Und sollten deswegen alle diese Menschen nicht arbeiten, nicht schaffen und bereiten, sollte der Hausherr das alles nicht sorgfältig zusammenbringen und zusammenhalten, weil am Ende der Genuß nur vorübergehend ist? Aber kein Genuß ist vorübergehend, denn der Eindruck, den er zurückläßt, ist bleibend, und was man mit Fleiß und Anstrengung tut, teilt dem Zuschauer selbst eine verborgene Kraft mit, von der man nicht wissen kann, wie weit sie wirkt.

Die Gegenwart hat etwas Absurdes; man meint, das wär es nur! was aber daraus zu gewinnen sei, darüber kommt man nicht zur Besinnung... Der Abwesende ist eine ideale Person; die Gegenwärtigen kommen sich einander trivial vor. Es ist ein närrisch Ding, daß durchs Reale das Ideelle gleichsam aufgehoben wird; daher mag wohl kommen, daß den Modernen ihr Ideales nur als Sehnsucht erscheint.

Auch die Sorge ist eine Klugheit, wiewohl nur eine passive.

Die Poesie befreit sich immer gar bald von solchen Fesseln, die sie sich immer willkürlich anlegt, der Aberglaube dagegen läßt sich Zauberstricken vergleichen, die sich immer stärker zusammenziehen, je mehr man sich gegen sie sträubt. Die hellste Zeit ist nicht vor ihm sicher, trifft er aber gar in ein dunkles Jahrhundert, so strebt des armen Menschen umwölkter Sinn alsbald nach dem Unmöglichen, nach Einwirkung ins Geisterreich, in die Ferne, in die Zukunft; es bildet sich eine wundersame reiche Welt, von einem trüben Dunstkreise umgeben. Auf ganzen Jahrhunderten lasten solche Nebel und werden immer dichter und dichter; die Einbildungskraft brütet über einer wüsten Sinnlichkeit, die Vernunft scheint zu ihrem göttlichen Ursprung gleich Asträen zurückgekehrt zu sein, der Verstand zweifelt, da ihm nicht gelingt, seine Rechte durchzusetzen.

Der Aberglaube, so wie manches andere Wähnen, verliert sehr leicht an seiner Gewalt, wenn er, statt unserer Eitelkeit zu schmeicheln, ihr in den Weg tritt und diesem zarten Wesen eine böse Stunde machen will; wir sehen alsdann recht gut, daß wir ihn loswerden können, sobald wir wollen; wir entsagen ihm um so leichter, je mehr alles, was wir ihm entziehen, zu unserem Vorteil gereicht.

Einen sehr tiefen Sinn hat jener Wahn, daß man, um einen Schatz wirklich zu heben und zu ergreifen, stillschweigend verfahren müsse, kein Wort sprechen dürfe, wieviel Schreckliches und Ergötzendes auch von allen Seiten erscheinen möge. Eben so bedeutsam ist das Märchen, man müsse bei wunderbarer Wagefahrt nach einem kostbaren Talisman in entlegensten Bergwildnissen unaufhaltsam fortschreiten, sich ja nicht umsehen, wenn auf schroffem Pfade fürchterlich dräuende oder lieblich lockende Stimmen ganz nahe hinter uns vernommen werden.

Ordnung und Klarheit vermehrt die Lust zu sparen und zu erwerben. Ein Mensch, der übel haushält, befindet sich in der Dunkelheit sehr wohl; er mag die Posten nicht gerne zusammenrechnen, die er schuldig ist. Dagegen kann einem guten Wirte nichts angenehmer sein, als sich alle Tage die Summe seines wachsenden Glückes zu ziehen. Selbst ein Unfall, wenn er ihn verdrießlich überrascht, erschreckt ihn nicht, denn er weiß sogleich, was für erworbene Vorteile er auf die andere Waagschale zu legen hat.

Klarheit nötigt zur Einsicht, Einsicht erschafft Duldung, Duldung ist die einzige Vermittlerin eines in allen Kräften und Anlagen tätigen Friedens.

Wir spielen mit Voraussagungen, Ahnungen und Träumen und machen dadurch das alltägliche Leben bedeutend.

Aber wenn das Leben nun selbst bedeutend wird,

wenn alles um uns sich bewegt und braust, dann wird das Gewitter durch jene Gespenster nur noch fürchterlicher.

Der Aberglaube ist die Poesie des Lebens, beide erfinden eingebildete Wesen, und zwischen dem Wirklichen, Handgreiflichen ahnen sie die seltsamsten Beziehungen; Sympathie und Antipathie walten hin und her.

Das Gedächtnis mag immer schwinden, wenn das Urteil im Augenblick nicht fehlt.

Ein Zustand, der alle Tage neuen Verdruß zuzieht, ist nicht der rechte.

Alles was wir treiben und tun, ist ein Abmühen; wohl dem, der nicht müde wird.

Menschen

Was ist der Mensch, der gepriesene Halbgott! Ermangeln ihm nicht eben da die Kräfte, wo er sie am nötigsten braucht? Und wenn er in Freude sich aufschwingt oder im Leiden versinkt, wird er nicht in beidem eben da aufgehalten, eben da zu dem stumpfen, kalten Bewußtsein wieder zurückgebracht, da er sich in der Fülle des Unendlichen zu verlieren sehnte?

Was der Mensch an sich bemerkt und fühlt, scheint mir der geringste Teil seines Daseins. Es fällt ihm mehr auf, was ihm fehlt, als was er hat, – was ihn ängstet, als was ihn ergötzt und erheitert; denn in allen angenehmen und guten Zuständen verliert die Seele das Bewußtsein ihrer selbst, wie der Körper auch.

Der Mensch ist dem Menschen das Interessanteste und sollte ihn vielleicht ganz allein interessieren. Alles andere, was uns umgibt, ist entweder nur Element, in dem wir leben, oder Werkzeug, dessen wir uns bedienen. Je mehr wir uns dabei aufhalten, je mehr wir darauf merken und teil daran nehmen, desto schwächer wird das Gefühl unseres eigenen Wertes und das Gefühl der Gesellschaft. Die Menschen, die einen großen

Wert auf Gärten, Gebäude, Kleider, Schmuck oder irgendein Besitztum legen, sind weniger gesellig und gefällig; sie verlieren die Menschen aus den Augen, welche zu erfreuen und zu versammeln, nur sehr wenigen glückt. Sehen wir es nicht auch auf dem Theater? Ein guter Schauspieler macht uns bald eine elende Dekoration vergessen, da hingegen das schönste Theater den Mangel an guten Schauspielern erst recht fühlbar macht.

Niemandem kann seine eigene Gestalt zuwider sein; der Häßlichste wie der Schönste hat das Recht, sich seiner Gegenwart zu freuen; und da das Wohlwollen verschönt und sich jedermann mit Wohlwollen im Spiegel besieht, so kann man behaupten, daß jeder sich auch mit Wohlgefallen erblicken müsse, selbst wenn er sich dagegen sträuben wollte.

Die Menschen sind wie das Rote Meer, der Stab hat sie kaum auseinandergehalten, gleich hinterdrein fließen sie wieder zusammen.

Wir blicken so gern in die Zukunft, weil wir das Ungefähre, was sich in ihr hin- und herbewegt, durch stille Wünsche so gern zu unsern Gunsten heranleiten möchten.

Wir befinden uns nicht leicht in großer Gesellschaft, ohne zu denken: der Zufall, der so viele zusammenbringt, solle uns auch unsere Freunde herbeiführen.

Sich mitzuteilen ist Natur; Mitgeteiltes aufzunehmen, wie es gegeben wird, ist Bildung.

Begegnet uns jemand, der uns Dank schuldig ist, gleich fällt es uns ein. Wie oft können wir jemand begegnen, dem wir Dank schuldig sind, ohne daran zu denken.

Man mag noch so eingezogen leben, so wird man, ehe man sich's versieht, ein Schuldner oder ein Gläubiger.

Niemand würde in Gesellschaften sprechen, wenn er sich bewußt wäre, wie oft er die andern mißversteht.

Man verändert fremde Reden beim Wiederholen wohl nur darum so sehr, weil man sie nicht verstanden hat.

Wer vor andern lange allein spricht, ohne den Zuhörern zu schmeicheln, erregt Widerwillen.

Jedes ausgesprochene Wort erregt den Gegensinn.

Widerspruch und Schmeichelei machen beide ein schlechtes Gespräch.

Die angenehmsten Gesellschaften sind die, in welchen eine heitere Ehrerbietung der Glieder gegeneinander obwaltet.

Durch nichts bezeichnen die Menschen mehr ihren Charakter, als durch das, was sie lächerlich finden.

Das Lächerliche entspringt aus einem sittlichen Kontrast, der auf eine unschädliche Weise für die Sinne in Verbindung gebracht wird.

Der sinnliche Mensch lacht oft, wo nichts zu lachen ist. Was ihn auch anregt, sein inneres Behagen kommt zum Vorschein.

Der Verständige findet fast alles lächerlich, der Vernünftige fast nichts.

Einem bejahrten Manne verdachte man, daß er sich noch um junge Frauenzimmer bemühte. Es ist das einzige Mittel, versetzte er, sich zu verjüngen, und das will doch jedermann.

Man läßt sich seine Mängel vorhalten, man läßt sich strafen, man leidet manches um ihrerwillen mit Geduld, aber ungeduldig wird man, wenn man sie ablegen soll.

Gewisse Mängel sind notwendig zum Dasein des Einzelnen. Es würde uns unangenehm sein, wenn alte Freunde gewisse Eigenheiten ablegten.

Man sagt: er stirbt bald, wenn einer etwas gegen seine Art und Weise tut.

Ich finde es beinahe natürlich, daß wir an Besuchenden mancherlei auszusetzen haben; daß wir sogleich, wenn sie weg sind, über sie nicht zum liebevollsten urteilen: denn wir haben, sozusagen, ein Recht, sie nach unserem Maßstabe zu messen. Selbst verständige und billige Menschen enthalten sich in solchen Fällen kaum einer scharfen Zensur.

Was für Mängel dürfen wir behalten, ja an uns kultivieren? Solche, die den andern eher schmeicheln als verletzen.

Die Leidenschaft erhöht und mildert sich durchs Bekennen. In nichts wäre die Mittelstraße vielleicht wünschenswerter, als im Vertrauen und Verschweigen gegen die, die wir lieben.

Unsere Leidenschaften sind wahre Phönixe. Wie der alte verbrennt, steigt der neue sogleich wieder aus der Asche hervor.

Große Leidenschaften sind Krankheiten ohne Hoffnung. Was sie heilen könnte, macht sie erst recht gefährlich.

Die Leidenschaften sind Mängel oder Tugenden, nur gesteigerte.

Für alle Vögel gibt es Lockspeisen, und jeder Mensch wird auf seine eigene Art geleitet und verleitet.

Der Mensch mag sich wenden, wohin er will, mag unternehmen, was es auch sei, stets wird er auf jenen Weg wieder zurückkehren, den ihm die Natur einmal vorgezeichnet hat.

Man kann der Gesellschaft alles aufdringen, nur nicht, was eine Folge hat.

Man nimmt in der Welt jeden, wofür er sich gibt; aber er muß sich auch für etwas geben. Man erträgt die Unbequemen lieber, als man die Unbedeutenden duldet.

Wir lernen die Menschen nicht kennen, wenn sie zu uns kommen; wir müssen zu ihnen gehen, um zu erfahren, wie es mit ihnen steht.

Wenn man dagegen bei andern gewesen ist und hat sie mit ihren Umgebungen, Gewohnheiten, in ihren notwendigen unausweichlichen Zuständen gesehen, wie sie um sich wirken, oder wie sie sich fügen, so gehört schon Unverstand und böser Wille dazu, um das lächerlich zu finden, was uns in mehr als einem Sinne ehrwürdig scheinen müßte.

Durch das, was wir Betragen und gute Sitten nennen, soll das erreicht werden, was außerdem nur durch Gewalt oder auch nicht einmal durch Gewalt zu erreichen ist.

Umgang mit Frauen ist das Element guter Sitten.

Wie kann der Charakter, die Eigentümlichkeit des Menschen, mit der Lebensart bestehen? Das Eigentümliche müßte durch die Lebensart erst recht hervorgehoben werden. Das Bedeutende will jedermann, nur soll es nicht unbequem sein.

Die größten Vorteile im Leben überhaupt, wie in der Gesellschaft, hat ein gebildeter Soldat. Rohe Kriegsleute gehen wenigstens nicht aus ihrem Charakter, und weil doch meist hinter der Stärke eine Gutmütigkeit verborgen liegt, so ist im Notfalle auch mit ihnen auszukommen.

Niemand ist lästiger als ein täppischer Mensch vom Zivilstande. Von ihm könnte man die Feinheit fordern, da er sich mit nichts Rohem zu beschäftigen hat.

Wenn wir mit Menschen leben, die ein zartes Gefühl für das Schickliche haben, so wird es uns angst um ihretwillen, wenn etwas Ungeschicktes begegnet. So fühle ich immer für und mit Charlotten, wenn jemand mit dem Stuhle schaukelt, weil sie das in den Tod nicht leiden kann. Es käme niemand mit der Brille auf der Nase in ein vertrauliches Gemach, wenn er wüßte, daß uns Frauen sogleich die Lust vergeht, ihn anzusehen und uns mit ihm zu unterhalten.

Zutraulichkeit an der Stelle der Ehrfurcht ist immer lächerlich. Es würde niemand den Hut ablegen, nachdem er kaum das Kompliment gemacht hat, wenn er wüßte, wie komisch das aussieht.

Es gibt kein äußeres Zeichen der Höflichkeit, das nicht einen tiefen sittlichen Grund hätte. Die rechte Erziehung wäre, welche diese Zeichen und den Grund zugleich überlieferte.

Das Betragen ist ein Spiegel, in welchem jeder sein Bild zeigt.

Es gibt eine Höflichkeit des Herzens; sie ist der Liebe verwandt. Aus ihr entspringt die bequemste Höflichkeit des äußern Betragens.

Freiwillige Abhängigkeit ist der schönste Zustand, und wie wäre der möglich ohne Liebe?

Wir sind nie entfernter von unseren Wünschen, als wenn wir uns einbilden, das Gewünschte zu besitzen.

Niemand ist mehr Sklave, als der sich für frei hält, ohne es zu sein. Es darf sich einer nur für frei erklären, so fühlt er sich den Augenblick als bedingt. Wagt er es, sich für bedingt zu erklären, so fühlt er sich frei.

Gegen große Vorzüge eines andern gibt es kein Rettungsmittel als die Liebe.

Es ist was Schreckliches um einen vorzüglichen Mann, auf den sich die Dummen was zugute tun.

Es gibt, sagt man, für den Kammerdiener keinen Helden. Das aber bloß daher, weil der Held nur vom Helden anerkannt werden kann. Der Kammerdiener wird aber wahrscheinlich seinesgleichen zu schätzen wissen.

Es gibt keinen größeren Trost für die Mittelmäßigkeit, als daß das Genie nicht unsterblich sei.

Die größten Menschen hängen immer mit ihrem Jahrhundert durch eine Schwachheit zusammen.

Man weicht der Welt nicht sicherer aus als durch die Kunst, und man verknüpft sich nicht sicherer mit ihr als durch die Kunst.

Man hält die Menschen gewöhnlich für gefährlicher, als sie sind. Toren und gescheite Leute sind gleich unschädlich. Nur die Halbnarren und Halbweisen, das sind die gefährlichsten.

Selbst im Augenblicke des höchsten Glücks und der höchsten Not bedürfen wir des Künstlers.

Die Kunst beschäftigt sich mit dem Schweren und Guten.

Das Schwierige leicht behandelt zu sehen, gibt uns das Anschauen des Unmöglichen.

Die Schwierigkeiten wachsen, je näher man dem Ziele kommt.

Säen ist nicht so beschwerlich als ernten.

Setzten wir uns an die Stelle anderer Personen, so würden Eifersucht und Haß wegfallen, die wir so oft gegen sie empfinden; und setzten wir andere an unsere Stelle, so würde Stolz und Einbildung gar sehr abnehmen.

Nachdenken und Handeln verglich einer mit Rahel und Lea; die eine war anmutiger, die andere fruchtbarer.

Nichts im Leben außer Gesundheit und Tugend ist schätzenswerter als Kenntnis und Wissen; auch ist nichts so leicht zu erreichen und so wohlfeil zu erhandeln; die ganze Arbeit ist ruhig sein, und die Ausgabe Zeit, die wir nicht retten, ohne sie auszugeben.

Dank und Undank gehören zu den in der moralischen Welt jeden Augenblick hervortretenden Ereignissen, worüber die Menschen sich untereinander niemals beruhigen können. Ich pflege einen Unterschied zu machen zwischen Nichtdankbarkeit, Undank und Widerwillen gegen Dank. Jene erste ist dem Menschen angeboren, ja anerschaffen; denn sie entspringt aus einer glücklichen leichtsinnigen Vergessenheit des Widerwärtigen wie des Erfreulichen, wodurch ganz allein die Fortsetzung des Lebens möglich wird. Der Mensch bedarf so unendlich vieler äußerer Vor- und Mitwirkungen zu einem leidlichen Dasein, daß, wenn er der Sonne und der Erde, Gott und der Natur, Vorvordern und Eltern, Freunden und Gesellen immer den gebührenden Dank abtragen wollte, ihm weder Zeit noch Gefühl übrig bliebe, um neue Wohltaten zu empfangen und zu genießen.

Läßt nun freilich der natürliche Mensch jenen Leichtsinn in und über sich walten, so nimmt eine kalte Gleichgültigkeit immer mehr überhand, und man sieht den Wohltäter zuletzt als einen Fremden an, zu dessen Schaden man allenfalls, wenn es nützlich wäre, auch etwas unternehmen dürfte. Dies allein kann eigentlich Undank genannt werden, der aus der Roheit entspringt, worin die ungebildete Natur sich am Ende notwendig verlieren muß. Widerwille gegen das Danken jedoch, Erwiderung einer Wohltat durch unmutiges verdrießliches Wesen ist sehr selten und kommt nur bei vorzüglichen Menschen vor: solchen, die mit großen Anlagen und dem Vorgefühl derselben in einem niedern Stande oder in einer hilflosen Lage geboren, sich von Jugend auf Schritt vor Schritt durchdrängen und von allen Orten her Hilfe und Beistand annehmen müssen, die ihnen dann manchmal durch Plumpheit der Wohltäter vergällt und widerwärtig werden, indem das, was sie empfangen, irdisch, und das, was sie dagegen leisten, höherer Art ist, so daß eine eigentliche Kompensation nicht gedacht werden kann.

Jeder Mensch findet sich von den frühesten Momenten seines Lebens an, erst unbewußt, dann halb, endlich ganz bewußt, immerfort findet er sich bedingt, begrenzt in seiner Stellung; weil aber niemand Zweck und Ziel seines Daseins kennt, vielmehr das Geheimnis desselben von höchster Hand verborgen wird, so tastet er nur, greift zu, läßt sich fahren, steht stille, bewegt sich, zaudert, und übereilt sich, und auf wie mancherlei Weise denn alle Irrtümer entstehen, die uns verwirren.

Sogar der Besonnenste ist im täglichen Weltleben genötigt, klug für den Augenblick zu sein und gelangt deswegen im allgemeinen zu keiner Klarheit. Selten weiß er sicher, wohin er sich in der Folge wenden und was er eigentlich zu tun und zu lassen habe.

Glücklicherweise sind alle diese und noch hundert andere wundersame Fragen durch euren unaufhaltsam tätigen Lebensgang beantwortet. Fahrt fort in unmittelbarer Beachtung der Pflicht des Tages und prüft dabei die Reinheit eures Herzens und die Sicherheit eures Geistes. Wenn ihr sodann in freier Stunde aufatmet und euch zu erheben Raum findet, so gewinnt ihr euch gewiß eine richtige Stellung gegen das Erhabene, dem wir uns auf jede Weise verehrend hinzugeben, jedes Ereignis mit Ehrfurcht zu betrachten und eine höhere Leitung darin zu erkennen haben.

Nicht insofern der Mensch etwas zurückläßt, sondern insofern er wirkt und genießt und andere zu wirken und zu genießen anregt, bleibt er von Bedeutung.

Wer sich dem Notwendigsten widmet, geht überall am sichersten zum Ziel; andere hingegen, das Höhere, Zartere suchend, haben schon in der Wahl des Weges vorsichtiger zu sein. Doch was der Mensch auch ergreife und handhabe, der Einzelne ist sich nicht hinreichend. Gesellschaft bleibt eines wackeren Mannes höchstes Bedürfnis. Alle brauchbaren Menschen sollen in Bezug untereinander stehen, wie sich der Bauherr nach dem Architekten und dieser nach Maurer und Zimmermann umsieht.

Wenn sich in einem glücklichen friedlichen Zusammenleben Verwandte, Freunde, Hausgenossen mehr als nötig und billig ist von dem unterhalten, was geschieht oder geschehen soll, wenn sie sich einander ihre Vorsätze, Unternehmungen, Beschäftigungen wiederholt mitteilen und ohne gerade wechselseitigen Rat anzunehmen, doch immer das ganze Leben gleichsam ratschlagend behandeln: so findet man dagegen, in wichtigen Momenten, eben da, wo es scheinen sollte, der Mensch bedürfe fremden Beistandes, fremder Bestätigung am allermeisten, daß sich die einen auf sich selbst zurückziehen, jedes für sich zu handeln, jedes auf seine Weise zu wirken strebt, und indem man sich einander die einzelnen Mittel verbirgt, nur erst der Ausgang, die Zwecke, das Erreichte wieder zum Gemeingut werden.

Wie sollten die Menschen unsere Handlungen beurteilen, die ihnen nur einzeln und abgerissen erscheinen, wovon sie das wenigste sehen, weil Gutes und Böses im Verborgenen geschieht und eine gleichgültige Erscheinung meistens nur an den Tag kommt. Bringt man ihnen doch Schauspieler und Schauspielerinnen auf erhöhte Bretter, zündet von allen Seiten Licht an, das ganze Werk ist in wenig Stunden abgeschlossen und doch weiß selten jemand eigentlich, was er daraus machen soll.

Von der besten Gesellschaft sagt man, ihr Gespräch ist unterrichtend, ihr Schweigen bildend.

Was unterscheidet den Dummkopf vom geistreichen Menschen, als daß dieser das Zarte, Gehörige der Gegenwart schnell und lebhaft und eigentümlich ergreift und mit Leichtigkeit ausdrückt, als daß jene, gerade wie wir es in einer fremden Sprache tun, sich mit schon gestempelten hergebrachten Phrasen bei jeder Gelegenheit behelfen.

Daß die Kinder nicht wissen, warum sie wollen, darin sind alle hochgelehrten Schul- und Hofmeister einig; daß aber auch Erwachsene gleich Kindern auf diesem Erdboden herumtaumeln und wie jene nicht wissen, woher sie kommen und wohin sie gehen, ebensowenig nach wahren Zwecken handeln, ebenso durch Biskuit und Kuchen und Birkenreiser regiert werden, das will niemand gerne glauben, und mich dünkt, man kann es mit Händen greifen.

Es gibt unter den Menschen gar vielerlei Widerstreit, welcher aus den verschiedenen, einander entgegengesetzten, nicht auszugleichenden Denk- und Sinnesweisen sich immer aufs neue entwickelt. Wenn eine Seite nun besonders hervortritt, sich der Menge bemächtigt und in dem Grade triumphiert, daß die entgegengesetzte sich in die Enge zurückziehen und für den Augenblick im stillen verbergen muß, so nennt man jenes Übergewicht den Zeitgeist, der denn auch eine Zeitlang sein Wesen treibt.

In den früheren Jahrhunderten läßt sich bemerken,

daß eine solche besondere Weltansicht und ihre praktischen Folgen sich sehr lange, auch ganze Völker und vieljährige Sitten zu bestimmen und zu bestätigen wußte, neuerlich aber ergibt sich eine größere Versatilität dieser Erscheinung, und es wird nach und nach möglich, daß zwei Gegensätze zu gleicher Zeit hervortreten und sich einander das Gleichgewicht halten können, und wir halten dies für die wünschenswerteste Erscheinung.

Die Toren, die nicht sehen, daß es eigentlich auf den Platz gar nicht ankommt, und daß der, der den ersten hat, so selten die erste Rolle spielt! Wie mancher König wird durch seinen Minister, wie mancher Minister durch seinen Sekretär regiert! Und wer ist denn der erste? Der, dünkt mich, der die andern übersieht und so viel Gewalt oder List hat, ihre Kräfte und Leidenschaften zur Ausführung seiner Pläne anzuspannen.

Feindselige Naturen, die nur wider Willen entschiedene Vorzüge anerkennen, möchten gerne jeden trefflichen Mann in sein Verdienst ganz eigentlich einsperren und ihm eine vielseitige Bildung, die allein Genuß gewährt, verkümmern. Sie sagen gewöhnlich, zu seinem Ruhme habe er dieses oder jenes nicht unternehmen sollen! Als wenn man alles um des Ruhmes willen täte, als wenn die Lebensvereinigung mit ähnlich Gesinnten durch ernste Teilnahme an dem, was sie treiben und leisten, nicht den höchsten Wert hätte.

Jeder, der mit lebhaften Kräften vor unsern Augen eine Absicht zu erreichen strebt, kann, wir mögen seinen Zweck loben oder tadeln, sich unsere Teilnahme versprechen; sobald aber die Sache entschieden ist, wenden wir unser Auge sogleich von ihm weg; alles, was geendigt, was abgetan daliegt, kann unsere Aufmerksamkeit keineswegs fesseln, besonders, wenn wir schon frühe der Unternehmung einen üblen Ausgang prophezeit haben.

Es ist nicht gut, kaum geknüpfte Verhältnisse zu zerreißen. Alles im Leben, wenn es gedeihen soll, muß eine Folge haben.

Immer zu mißtrauen, ist ein Irrtum, wie immer zu trauen.

Jedem ist und bleibt *das* wahr, was ihm fruchtbar ist... Wer bei seiner Meinung beharrt, zeigt uns nur, daß er sie nicht entbehren könne... Wer das versteht, wird nie kontrovertieren.

So angenehm uns der Anblick eines wohlgestalteten Menschen ist, so angenehm ist uns eine ganze Einrichtung, aus der uns die Gegenwart eines verständigen vernünftigen Wesens fühlbar wird. Schon in ein reinliches Haus zu kommen ist eine Freude, wenn es auch sonst geschmacklos gebaut und verziert ist: denn es zeigt uns die Gegenwart wenigstens von einer Seite gebildeter Menschen. Wie doppelt angenehm ist es uns also, wenn aus einer menschlichen Wohnung uns der Geist einer höheren, obgleich auch nur sinnlichen Kultur entgegenspricht.

Ohne Ernst ist in der Welt nichts möglich, und unter denen, die wir gebildete Menschen nennen, ist eigentlich wenig Ernst zu finden; sie gehen, ich möchte sagen, gegen Arbeiten und Geschäfte, gegen Künste, ja gegen Vergnügungen nur mit einer Art von Selbstverteidigung zu Werke; man lebt, wie man ein Pack Zeitungen liest, nur damit man sie los werde, und es fällt mir dabei jener junge Engländer in Rom ein, der abends in einer Gesellschaft sehr zufrieden erzählt: daß er doch heute sechs Kirchen und zwei Galerien beiseite gebracht habe. Man will mancherlei wissen und kennen und gerade das, was einen am wenigsten angeht, und man bemerkt nicht, daß kein Hunger dadurch gestillt wird, wenn man nach der Luft schnappt. Wenn ich einen Menschen kennenlerne, frage ich sogleich, womit beschäftigt er sich? und wie? und in welcher Folge? und mit der Beantwortung der Frage ist auch mein Interesse an ihm auf zeitlebens entschieden.

Wenn gewöhnliche Menschen, durch gemeine Verlegenheiten des Tages zu einem leidenschaftlich ängstlichen Betragen aufgeregt, uns ein mitleidiges Lächeln abnötigen, so betrachten wir dagegen mit Ehrfurcht ein Gemüt, in welchem die Saat eines großen Schicksals ausgesät worden, das die Entwicklung dieser Empfängnis abwarten muß und weder das Gute noch das Böse, weder das Glückliche noch das Unglückliche, was daraus entspringen soll, beschleunigen darf und kann.

Es ist immer ein Unglück, in neue Verhältnisse zu treten, in denen man nicht hergekommen ist; wir werden oft wider unsern Willen zu einer falschen Teilnahme gelockt, uns peinigt die Halbheit solcher Zustände, und doch sehen wir weder ein Mittel, sie zu ergänzen, noch ihnen zu entsagen.

Es gibt problematische Naturen, die keiner Lage gewachsen sind, in der sie sich befinden und denen keine genug tut. Daraus entsteht der ungeheure Widerstreit, der das Leben ohne Genuß verzehrt.

Es ist das Seltenste und daher auch das Köstlichste zu nennen, wenn eine gegenseitige Auffassung und Hingebung immer die rechte Wirkung tut, immer etwas bildet, was dem nächsten Schritt im Leben zugute kommt; wie denn durch eine glückliche Übereinstimmung des Augenblicks gewiß am lebendigsten auf die Zukunft gewirkt ist.

Das eigentlich Unverständige sonst verständiger Menschen ist, daß sie nicht zurechtzulegen wissen, was ein anderer sagt, aber nicht gerade trifft, wie er's hätte sagen sollen.

Das, was man gedacht, die Bilder, die man gesehen, lassen sich in dem Verstand und in der Einbildungskraft wieder hervorrufen; aber das Herz ist nicht so gefällig; es wiederholt uns nicht die schönen Gefühle, und am wenigsten sind wir vermögend, uns enthusiastische Momente wieder zu vergegenwärtigen; man wird unvorbereitet davon überfallen und überläßt sich ihnen unbewußt. Andere, die uns in solchen Augenblicken beobachten, haben deshalb davon eine klarere und reinere Ansicht als wir selbst.

Es gibt Menschen, die auf die Mängel ihrer Freunde sinnen. Es kommt nichts dabei heraus. Ich habe immer auf die Verdienste meiner Widersacher acht gehabt und davon Vorteil gezogen.

Von dem, der Rat verlangt, ist's Beschränktheit, von dem, der ihn gibt, Anmaßung.

Den Menschen ist nicht zu helfen und sie hindern uns, daß man sich selbst hilft. Sind sie glücklich, so soll man sie in ihren Albernheiten gewähren lassen; sind sie unglücklich, so soll man sie retten, ohne diese Albernheiten anzutasten; und niemand fragt jemals, ob du glücklich oder unglücklich bist.

Der Eigenname eines Menschen ist nicht etwa wie ein Mantel, der bloß um ihn herhängt und an dem man allenfalls noch zupfen und zerren kann, sondern ein vollkommen passendes Kleid, ja wie die Haut selbst ihm über und über angewachsen, an der man nicht schaben und schinden darf, ohne ihn selbst zu verletzen.

Dem tätigen Menschen kommt es darauf an, daß er das Rechte tue; ob das Rechte geschehe, soll ihn nicht kümmern.

Alle Menschen guter Art empfinden bei zunehmender Bildung, daß sie auf der Welt eine doppelte Rolle zu spielen haben, eine wirkliche und eine ideelle, und in diesem Gefühl ist der Grund alles Edlen aufzusuchen. Was uns für eine wirkliche zugeteilt sei, erfahren wir nur allzu deutlich; was die zweite betrifft, darüber können wir nur selten ins Klare kommen. Der Mensch mag seine höhere Bestimmung auf Erden oder im Himmel, in der Gegenwart oder in der Zukunft suchen, so bleibt er deshalb doch innerlich einem ewigen Schwanken, von außen einer immer störenden Einwirkung ausgesetzt, bis er ein für allemal den Entschluß faßt, zu erklären, das Rechte sei das, was ihm gemäß ist.

Unter die läßlichsten Versuche, sich etwas Höheres anzubilden, sich einem Höheren gleichzustellen, gehört wohl der jugendliche Trieb, sich mit Romanfiguren zu vergleichen. Er ist höchst unschuldig und, was man auch dagegen eifern mag, höchst unschädlich. Er unterhält uns in Zeiten, wo wir vor Langerweile umkommen oder zu leidenschaftlicher Unterhaltung greifen müßten.

Jeder hat etwas in seiner Natur, das, wenn er es öffentlich ausspräche, Mißfallen erregen müßte.

Vielleicht hätte man viel mehr Dank und Vorteil vom Leben, wenn man sich wechselweise gerade heraussspräche, was man voneinander erwartet. Ist das geleistet, so sind beide Teile zufrieden, und das Gemütliche, was das erste und letzte von allem ist, erscheint als reine Zugabe.

Es bringt uns nichts näher dem Wahnsinn, als wenn wir uns vor andern auszeichnen, und nichts erhält so sehr den gemeinen Verstand, als im allgemeinen Sinne mit vielen Menschen zu leben. Wie vieles ist leider nicht in unserer Erziehung und in unseren bürgerlichen Einrichtungen, wodurch wir uns und unsere Kinder zur Tollheit vorbereiten.

Wer seine Bequemlichkeiten aufopfert, verachtet gern diejenigen, die sich darin behagen. Jäger, Soldaten, mühsam Reisende bedürfen guten Mutes, der sich leicht zu Übermut steigert.

Wer durch Brillen sieht, hält sich für klüger als er ist, denn sein äußerer Sinn wird dadurch mit seiner inneren Urteilsfähigkeit außer Gleichgewicht gesetzt; es gehört eine höhere Kultur dazu, deren nur vorzügliche Menschen fähig sind, inneres Wahres mit diesem von außen herangerückten Falschen einigermaßen auszugleichen.

So oft ich durch eine Brille sehe, bin ich ein anderer Mensch und gefalle mir selbst nicht, ich sehe mehr, als ich sehen sollte, die schärfer gesehene Welt harmoniert nicht mit meinem Inneren und ich lege die Gläser geschwinde wieder weg, wenn meine Neugierde, wie dieses oder jenes in der Ferne beschaffen sein möchte, befriedigt ist.

Der Alte verliert eins der größten Menschenrechte, er wird nicht mehr von seinesgleichen beurteilt.

Man schont die Alten, wie man die Kinder schont.

Es gibt wenig Menschen, die sich mit dem Nächstvergangenen zu beschäftigen wissen. Entweder das Gegenwärtige hält uns mit Gewalt an sich oder wir verlieren uns in die Vergangenheit und suchen das völlig Verlorene, wie es nur möglich sein will, wieder hervorzurufen und herzustellen.

Selbst in großen und reichen Familien, die ihren Vorfahren vieles schuldig sind, pflegt es so zu gehen, daß man des Großvaters mehr als des Vaters gedenkt.

Man darf nur alt werden, um milder zu sein; ich sehe keinen Fehler begehen, den ich nicht auch begangen hätte.

Es ziemt sich dem Bejahrten, weder in der Denkweise noch in der Art sich zu kleiden, der Mode nachzugehen.

Aber er muß wissen, wo er steht und wohin die andern wollen.

Man hat in jedem Alter gewisse Avantagen und Desavantagen im Vergleich zu früheren oder späteren Jahren. Ich war in meinem 40. Lebensjahre über manches so gescheit als jetzt, aber ich besitze in meinem 80. Vorteile, die ich mit frühern nicht vertauschen möchte.

Wenn man älter wird, muß man mit Bewußtsein auf einer gewissen Stufe stehen bleiben.

Jede Natur, die sich aus einem gesunkenen Zustande erheben will, muß oft wieder nachlassen, um sich von der neuen, ungewohnten Anstrengung zu erholen.

Ich fürchte mich vor niemandem mehr als vor einem Toren, der einen Anlauf nimmt, klug zu werden.

Welchen Weg mußte nicht die Menschheit machen, bis sie dahin gelangte, auch gegen Schuldige gelind, gegen Verbrecher schonend, gegen Unmenschliche menschlich zu sein! Gewiß waren es Männer göttlicher Natur, die dies zuerst lehrten, die ihr Leben damit zubrachten, die Ausübung möglich zu machen und zu beschleunigen. Des Schönen sind Menschen selten fähig, öfter des Guten; und wie hoch müssen wir daher diejenigen halten, die dieses mit großen Aufopferungen zu befördern suchen.

Loben tu' ich ohne Bedenken, denn warum soll ich verschweigen, wenn mir etwas zusagt? Sollte es auch meine Beschränktheit ausdrücken, so hab' ich mich deren nicht zu schämen; tadle ich aber, so kann mir begegnen, daß ich etwas Fürtreffliches abweise, und dadurch ziehe ich mir die Mißbilligung anderer zu, die es besser verstehen; ich muß mich zurücknehmen, wenn ich aufgeklärt werde.

Bescheidenheit ist eigentlich eine gesellige Tugend, sie deutet auf große Ausbildung; sie ist eine Selbstverleugnung nach außen, welche auf einem großen inneren Werte ruhend als die höchste Eigenschaft des Menschen angesehen wird. Und so hören wir, daß die Menge immer zuerst an den vorzüglichsten Menschen die Bescheidenheit preist, ohne sich auf ihre übrigen Qualitäten sonderlich einzulassen. Bescheidenheit aber ist immer mit Verstellung verknüpft und eine Art Schmeichelei, die um desto wirksamer ist, als sie ohne Zudringlichkeit dem andern wohltut, indem sie ihn in seinem behaglichen Selbstgefühle nicht irre macht. Alles aber, was man gute Gesellschaft nennt, besteht in einer immer wachsenden Verneinung seiner selbst, so daß die Sozietät zuletzt ganz Null wird; es müßte denn das Talent sich ausbilden, daß wir, indem wir unsere Eitelkeit befriedigen, der Eitelkeit des anderen zu schmeicheln wissen.

Wenn du es recht genau betrachtest, was ist denn das, was man oft als Eitelkeit verrufen möchte? Jeder Mensch soll Freude an sich selbst haben, und glücklich, wer sie hat. Hat er sie aber, wie kann er sich verwehren, dieses angenehme Gefühl merken zu lassen? Wie soll er mitten im Dasein verbergen, daß er eine Freude am Dasein habe? Fände die gute Gesellschaft, denn von der allein ist doch hier die Rede, und alsdann diese Äußerungen tadelhaft, wenn sie zu lebhaft werden, wenn eines Menschen Freude an sich und seinem Wesen die andern hinderte, Freude an dem ihrigen zu haben und sie zu zeigen, so wäre nichts dabei zu erinnern, und von diesem Übermaß ist auch wohl der Tadel zuerst ausgegangen. Aber was soll eine wunderlich verneinende Strenge gegen etwas Unvermeidliches? Warum will man nicht eine Äußerung läßlich und erträglich finden, die man denn doch mehr oder weniger sich von Zeit zu Zeit selbst erlaubt? ja, ohne die eine gute Gesellschaft gar nicht existieren könnte; denn das Gefallen an sich selbst, das Verlangen, dieses Selbstgefühl andern mitzuteilen, macht gefällig, das Gefühl eigener Anmut macht anmutig. Wollte Gott! alle Menschen wären eitel, wären es aber mit Bewußtsein, mit Maß und im rechten Sinne; so würden wir in der gebildeten Welt die glücklichsten Menschen sein.

Bescheidenheit gehört eigentlich nur für persönliche Gegenwart. In guter Gesellschaft ist es billig, daß niemand vorlaut werde, ist es notwendig, daß der Gemeinste mit dem Vortrefflichen in einen gewissen Zustand der Gleichheit gerate. In alle freien schriftlichen Darstellungen gehört Wahrheit, entweder in bezug auf den Gegenstand, oder in bezug auf das Gefühl des Darstellenden und, so Gott will, auf beides. Wer einen Schriftsteller, der sich und die Sache fühlt, nicht lesen mag, der darf überhaupt das Beste ungelesen lassen.

Wenn ein *guter* Mensch mit Talent begabt ist, so wird er immer zum Heil der Welt sittlich wirken, sei es als Künstler, Naturforscher, Dichter oder was alles sonst.

Was der Feuerfunke auf ein geladenes Gewehr, das ist die Gelegenheit zur Neigung, und jede Neigung, die wir gegen unser Gewissen befriedigen, zwingt uns, ein Übermaß von physischer Stärke anzuwenden; wir handeln wieder als wilde Menschen, und es wird schwer, äußerlich diese Anstrengung zu verbergen.

Das ist das Eigentümliche des Lasters, daß es sein Unheil über die Unschuld verbreitet, wie die Tugend ihren Segen über viele, die ihn nicht verdienen, indem doch häufig die Urheber beider, so weit wir sehen können, weder bestraft noch belohnt werden.

Das ist unser schönster und süßester Wahn, den wir nicht aufgeben dürfen, ob er uns gleich viel Pein im Leben verursacht, daß wir das, was wir schätzen und verehren, uns auch womöglich zueignen, ja aus uns selbst hervorbringen und darstellen möchten.

Erziehung

Erziehung heißt: die Jugend an die Bedingungen gewöhnen, zu den Bedingungen bilden, unter denen man in der Welt überhaupt, sodann aber in besondern Kreisen existieren kann.

Welche Erziehungsart ist für die beste zu halten? Antwort: die der Hydrioten. Als Insulaner und Seefahrer nehmen sie ihre Knaben gleich mit zu Schiffe und lassen sie im Dienste herankrabbeln. Wie sie etwas leisten, haben sie Teil am Gewinn, und so kümmern sie sich schon um Handel, Tausch und Beute, und es bilden sich die tüchtigsten Küsten- und Seefahrer, die klügsten Handelsleute und verwegensten Piraten. Aus einer solchen Masse können denn freilich Helden hervortreten, die den verderblichen Brander mit eigener Hand an das Admiralschiff der feindlichen Flotte festklammern.

Glückliche Kinder und Jünglinge wandeln in einer Art von Trunkenheit vor sich hin, die sich dadurch besonders bemerklich macht, daß die Guten, Unschuldigen das Verhältnis der jedesmaligen Umgebung kaum zu bemerken, noch weniger anzuerkennen wissen. Sie sehen die Welt als einen Stoff an, den sie bilden, als einen

Vorrat, dessen sie sich bemächtigen sollen. Alles gehört ihnen an, ihrem Willen scheint alles durchdringlich; gar oft verlieren sie sich deshalb in einem wilden, wüsten Wesen. Bei den Besseren jedoch entfaltet sich die Richtung zu einem sittlichen Enthusiasmus, der sich nach Gelegenheit zu irgendeinem wirklichen oder scheinbaren Guten aus eigenem Triebe hinbewegt, sich aber auch öfters leiten, führen und verführen läßt.

Den Timon fragte jemand wegen des Unterrichts seiner Kinder. Laßt sie, sagte der, unterrichten in dem, was sie niemals begreifen werden.

Man legt es manchmal als eine Anlage zur Grausamkeit aus, daß Kinder solche Gegenstände, mit denen sie eine Zeitlang gespielt, die sie bald so, bald so gehandhabt, endlich zerstücken, zerreißen und zerfetzen. Doch pflegt sich auch die Neugierde, das Verlangen, zu erfahren, wie solche Dinge zusammenhängen, wie sie inwendig aussehen, auf diese Weise an den Tag zu legen. Ich erinnere mich, daß ich als Kind Blumen zerpflückt, um zu sehen, wie die Blätter in den Kelch, oder auch Vögel berupft, um zu beobachten, wie die Federn in die Flügel eingefügt waren. Ist doch Kindern dieses nicht zu verdenken, da ja selbst Naturforscher öfter durch Trennen und Sondern als durch Vereinigen und Verknüpfen, mehr durch Töten als durch Beleben sich zu unterhalten glauben.

Was bildet man nicht immer an unserer Jugend? Da sollen wir bald diese, bald jene Unart ablegen, und doch sind die Unarten meist ebensoviel Organe, die dem Menschen durch das Leben helfen. Was ist man nicht hinter dem Knaben her, dem man einen Funken Eitelkeit abmerkt! Was ist der Mensch für eine elende Kreatur, wenn er alle Eitelkeit abgelegt hat!

Niemand glaube die ersten Eindrücke der Jugend überwinden zu können. Ist er in einer löblichen Freiheit, umgeben von schönen und edlen Gegenständen, in dem Umgange mit guten Menschen aufgewachsen, haben ihn seine Meister das gelehrt, was er zuerst wissen mußte, um das übrige leichter zu begreifen, hat er gelernt, was er nie zu verlernen braucht, wurden seine ersten Handlungen so geleitet, daß er das Gute künftig leichter und bequemer vollbringen kann, ohne sich irgend etwas abgewöhnen zu müssen, so wird dieser Mensch ein reineres, vollkommeneres Leben führen als ein anderer, der seine ersten Jugendkräfte im Widerstand und im Irrtum zugesetzt hat. Es wird so viel von Erziehung gesprochen und geschrieben, und ich sehe nur wenig Menschen, die den einfachen Begriff, der alles andere in sich schließt, fassen und in die Ausführung übertragen können.

Glückliche Beschränkung der Jugend, ja der Menschen überhaupt, daß sie sich in jedem Augenblicke ihres Daseins für vollendet halten können, und weder nach

Wahrem noch Falschem fragen, weder nach Hohem noch Tiefem, sondern bloß nach dem, was ihnen gemäß ist.

Wie nötig ist es, in der Erziehung die Einbildungskraft nicht zu beseitigen, sondern zu regeln, ihr durch zeitig vorgeführte edle Bilder Lust am Schönen, Bedürfnis des Vortrefflichen zu geben. Was hilft es, die Sinnlichkeit zu zähmen, den Verstand zu bilden, der Vernunft ihre Herrschaft zu sichern, die Einbildungskraft lauert als der mächtigste Feind, sie hat von Natur einen unwiderstehlichen Trieb zum Absurden, der selbst in gebildeten Menschen heftig wirkt und gegen alle Kultur die angestammte Roheit fratzenliebender Wilden mitten in der anständigsten Welt wieder zum Vorschein bringt.

Wenn ältere Personen recht pädagogisch verfahren wollten, so sollten sie einem jungen Manne etwas, was ihm Freude macht, es sei von welcher Art es wolle, weder verbieten noch verleiden, wenn sie nicht zu gleicher Zeit ihm etwas anderes dafür einzusetzen hätten oder unterzuschieben wüßten.

Ein Lehrer, der das Gefühl an einer einzigen guten Tat, an einem einzigen guten Gedicht erwecken kann, leistet mehr als einer, der uns ganze Reihen untergeordneter Naturbildungen der Gestalt und dem Namen nach überliefert; denn das ganze Resultat davon ist, daß wir ohnedies wissen können, daß das Menschengebild am vorzüglichsten und einzigsten das Gleichnis der Gottheit an sich trägt. Dem einzelnen bleibe die Freiheit, sich mit dem zu beschäftigen, was ihn anzieht, was ihm Freude macht, was ihm nützlich deucht; aber das eigentliche Studium der Menschheit ist der Mensch.

Der Mensch kommt manchmal, indem er sich einer Entwicklung seiner Kräfte, Fähigkeiten und Begriffe nähert, in eine Verlegenheit, aus der ihm ein guter Freund leicht helfen könnte. Er gleicht einem Wanderer, der nicht weit von der Herberge ins Wasser fällt; griffe jemand sogleich zu, risse ihn ans Land, so wäre es um einmal naß werden getan, anstatt daß er sich auch wohl selbst, aber am jenseitigen Ufer heraushilft und einen beschwerlichen weiten Umweg nach seinem bestimmten Ziele zu machen hat.

Nur alle Menschen machen die Menschheit aus, nur alle Kräfte zusammengenommen die Welt. Diese sind unter sich oft im Widerstreit, und indem sie sich zu zerstören suchen, hält sie die Natur zusammen und bringt sie wieder hervor. Von dem geringsten tierischen Handwerkstriebe bis zur höchsten Ausübung der geistigen Kunst, vom Lallen und Jauchzen des Kindes bis zur trefflichen Äußerung des Redners und Sängers, vom ersten Balgen des Knaben bis zu den ungeheuren Anstalten, wodurch Länder erhalten und erobert werden, vom leichtesten Wohlwollen und der flüchtigsten

Liebe bis zur heftigsten Leidenschaft und dem ernstesten Bunde, von dem reinsten Gefühl der sinnlichen Gegenwart bis zu den leisesten Ahnungen und Hoffnungen der entferntesten geistigen Zukunft, alles das und weit mehr liegt im Menschen und muß ausgebildet werden, aber nicht in einem, sondern in vielen. Jede Anlage ist wichtig und sie muß entwickelt werden.

Wenn einer nur das Schöne, der andere nur das Nützliche befördert, so machen beide zusammen erst einen Menschen aus. Das Nützliche befördert sich selbst, denn die Menge bringt es hervor, und alle können's nicht entbehren; das Schöne muß befördert werden, denn wenige stellen's dar und viele bedürfen's.

Jeder gebildete Mensch weiß, wie sehr er an sich und andern mit einer gewissen Roheit zu kämpfen hat, wieviel ihn seine Bildung kostet und wie sehr er doch in gewissen Fällen nur an sich selbst denkt und vergißt, was er andern schuldig ist. Wie oft macht der gute Mensch sich Vorwürfe, daß er nicht zart genug gehandelt habe; und doch, wenn nun eine schöne Natur sich allzu zart, allzu gewissenhaft bildet, ja, wenn man will, sich überbildet, für diese scheint keine Duldung, keine Nachsicht in der Welt zu sein. Dennoch sind die Menschen dieser Art, außer uns, was die Ideale im Innern sind, Vorbilder, nicht zum Nachahmen, sondern zum Nachstreben.

Wem es lebhaft und gegenwärtig ist, welche unendliche Operationen Natur und Kunst machen müssen, bis ein gebildeter Mensch dasteht, wer selbst so viel als möglich an der Bildung seiner Mitbrüder teilnimmt, der möchte verzweifeln, wenn er sieht, wie freventlich sich oft der Mensch zerstört und so oft in den Fall kommt, mit oder ohne Schuld zerstört zu werden. Wenn ich das bedenke, so scheint mir das Leben selbst eine so zufällige Gabe, daß ich jeden loben möchte, der sie nicht höher als billig schätzt.

Derjenige, an dem viel zu entwickeln ist, wird später über sich und die Welt aufgeklärt. Es sind nur wenige, die den Sinn haben und zugleich zur Tat fähig sind. Der Sinn erweitert, aber lähmt; die Tat belebt, aber beschränkt.

Es ist eine schauderhafte Empfindung, wenn ein edler Mensch mit Bewußtsein auf dem Punkte steht, wo er über sich selbst aufgeklärt werden soll. Alle Übergänge sind Krisen, und ist eine Krise nicht Krankheit? Wie ungern tritt man nach einer Krankheit vor den Spiegel! Die Besserung fühlt man, und man sieht nur die Wirkung des vergangenen Übels.

Man soll sich vor einem Talente hüten, das man in Vollkommenheit auszuüben nicht Hoffnung hat. Man mag es darin so weit bringen als man will, so wird man doch immer zuletzt, wenn uns einmal das Verdienst des

Meisters klar wird, den Verlust von Zeit und Kräften, die man auf eine solche Pfuscherei verwendet hat, schmerzlich bedauern.

Schreiben ist ein Mißbrauch der Sprache, stille für sich lesen ein trauriges Surrogat der Rede. Der Mensch wirkt alles, was er vermag, durch seine Persönlichkeit auf den Menschen; die Jugend am stärksten auf die Jugend, und hier entspringen auch die reinsten Wirkungen. Diese sind es, welche die Welt beleben und weder moralisch noch physisch aussterben lassen.

Die Fähigkeiten, die in dem Menschen liegen, lassen sich einteilen in allgemeine und besondere; die allgemeinen sind anzusehen als gleichgültig ruhende Tätigkeiten, die nach Umständen geweckt und zufällig zu diesem oder jenem Zweck bestimmt werden. Die Nachahmungsgabe des Menschen ist allgemein, er will nachmachen, nachbilden, was er sieht, auch ohne die mindesten äußern und innern Mittel zum Zwecke. Natürlich ist es daher immer, daß er leisten will, was er leisten sieht; das Natürlichste jedoch wäre, daß der Sohn des Vaters Beschäftigung ergriffe. Hier ist alles beisammen: eine vielleicht im besondern schon angeborene, in ursprünglicher Richtung entschiedene Tätigkeit, sodann eine folgerecht stufenweise fortschreitende Übung und ein entwickeltes Talent, das uns nötigte, auch alsdann auf dem eingeschlagenen Wege fortzuschreiten, wenn andere Triebe sich in uns entwickeln und uns eine freie Wahl zu einem Geschäft führen dürfte, zu dem uns die Natur weder Anlage noch Beharrlichkeit verliehen. Im Durchschnitt sind daher die Menschen am glücklichsten, die ein angebornes, ein Familientalent im häuslichen Kreise auszubilden Gelegenheit finden.

Wir haben solche Malerstammbäume gesehen; darunter waren freilich schwache Talente, indessen lieferten sie doch etwas Brauchbares und vielleicht Besseres, als sie, bei mäßigen Naturkräften, aus eigner Wahl, in irgendeinem andern Fache geleistet hätten.

Vielseitigkeit bereitet eigentlich nur das Element vor, worin der Einseitige wirken kann, dem eben jetzt genug Raum gegeben ist. Ja es ist jetzo die Zeit der Einseitigkeiten; wohl dem, der es begreift, für sich und andere in diesem Sinne wirkt. Bei gewissen Dingen versteht sich's durchaus und sogleich. Übe dich zum tüchtigen Violinisten und sei versichert, der Kapellmeister wird dir einen Platz im Orchester mit Gunst anweisen. Mache ein Organ aus dir und erwarte, was für eine Stelle dir die Menschheit im allgemeinen Leben wohlmeinend zugestehen werde.

Was nützt, ist nur ein Teil des Bedeutenden; um einen Gegenstand ganz zu besitzen, muß man ihn um seiner selbst willen studieren.

Wer sich von nun an nicht auf eine Kunst oder ein Handwerk legt, der wird übel daran sein. Das Wissen fördert nicht mehr bei dem schnellsten Umtriebe der Welt; bis man von allem Notiz genommen hat, verliert man sich selbst.

Eine allgemeine Ausbildung dringt uns jetzt die Welt ohnehin auf; wir brauchen uns deshalb darum nicht weiter zu bemühen, das Besondere müssen wir uns zueignen.

Auf zweierlei Weise kann der Geist höchlich erfreut werden, durch Anschauung und Begriff. Aber jenes erfordert einen würdigen Gegenstand, der nicht immer bereit, und eine verhältnismäßige Bildung, zu der man nicht gerade gelangt ist. Der Begriff hingegen will nur Empfänglichkeit, er bringt den Inhalt mit und ist selbst das Werkzeug der Bildung.

Unsere Wünsche sind Vorgefühle der Fähigkeiten, die in uns liegen, Vorboten desjenigen, was wir zu leisten imstande sein werden. Was wir können und möchten, stellt sich unserer Einbildungskraft außer uns und in der Zukunft dar; wir fühlen eine Sehnsucht nach dem, was wir schon im stillen besitzen. So verwandelt ein leidenschaftliches Vorausgreifen das wahrhaft Mögliche in ein erträumtes Wirkliche. Liegt nun eine solche Richtung entschieden in unserer Natur, so wird mit jedem Schritt unserer Entwicklung ein Teil des ersten

Wunsches erfüllt, bei günstigen Umständen auf dem geraden Wege, bei ungünstigen auf einem Umwege, von dem wir immer wieder nach jenem einlenken. So sieht man Menschen durch Beharrlichkeit zu irdischen Gütern gelangen, sie umgeben sich mit Reichtum, Glanz und äußerer Ehre. Andere streben noch sicherer nach geistigen Vorteilen, erwerben sich eine klare Übersicht der Dinge, eine Beruhigung des Gemüts und eine Sicherheit für die Gegenwart und Zukunft.

Nun gibt es aber eine dritte Richtung, die aus beiden gemischt ist und deren Erfolg am sichersten gelingen muß. Wenn nämlich die Tugend des Menschen in eine prägnante Zeit trifft, wo das Hervorbringen das Zerstören überwiegt, und in ihm das Vorgefühl bei Zeiten erwacht, was eine solche Epoche fordere und verspreche, so wird er durch äußere Anlässe zu tätiger Teilnahme gedrängt, bald da, bald dorthin greifen, und der Wunsch, nach vielen Seiten wirksam zu sein, wird in ihm lebendig werden. Nun gesellen sich aber zur menschlichen Beschränktheit noch so viele zufällige Hindernisse, daß hier ein Begonnenes liegen bleibt, dort ein Ergriffenes aus der Hand fällt und ein Wunsch nach dem andern sich vereitelt. Waren aber diese Wünsche aus einem reinen Herzen entsprungen, dem Bedürfnis der Zeit gemäß, so darf man ruhig rechts und links liegen und fallen lassen und kann versichert sein, daß nicht allein dieses wieder aufgefunden und aufgehoben werden muß, sondern daß auch noch gar manches Verwandte, das man nie berührt, ja woran man nie gedacht hat, zum Vorschein kommen werde. Sehen wir nun während unseres Lebensganges dasjenige von andern geleistet, wozu wir selbst früher einen Beruf fühlten, ihn aber mit manchen andern aufgeben mußten, dann tritt das schöne Gefühl ein, daß die Menschheit zusammen erst der wahre Mensch ist, und daß der einzelne nur dann glücklich sein kann, wenn er den Mut hat, sich im Ganzen zu fühlen.

Nichts gibt uns mehr Aufschluß über uns selbst, als wenn wir das, was vor einigen Jahren von uns ausgegangen ist, wieder vor uns sehen, so daß wir uns selbst nunmehr als Gegenstand betrachten können.

Die Überzeugung, durch eigentümliche Kraft, durch festen Willen, aus beengenden Umständen sich hervorgehoben, sich aus sich selbst ausgebildet zu haben, sein Verdienst sich selbst schuldig zu sein, solche Vorteile nur durch ein ungefesseltes Emporstreben des Geistes erhalten und vermehren zu können, erhöht das natürliche Unabhängigkeitsgefühl, das durch Absonderung von der Welt, immer mehr gesteigert, in den unausweichlichen Lebensverhältnissen manchen Druck, manche Unbequemlichkeit erfahren muß.

Frauen

Es ist keine Frage, daß bei allen gebildeten Nationen die Frauen im ganzen das Übergewicht gewinnen müssen; denn bei einem wechselseitigen Einfluß muß der Mann weiblicher werden und dann verliert er; denn sein Vorzug besteht nicht in gemäßigter, sondern in gebändigter Kraft; nimmt dagegen das Weib von dem Manne etwas an, so gewinnt sie; denn wenn sie ihre übrigen Vorzüge durch Energie erheben kann, so entsteht ein Wesen, das sich nicht vollkommener denken läßt.

Ein wenig Geiz schadet dem Weibe nicht, so übel sie die Verschwendung kleidet. Freigebigkeit ist eine Tugend, die dem Manne ziemt, und Festhalten ist die Tugend eines Weibes. So hat es die Natur gewollt, und dieses Urteil wird im ganzen immer naturgemäß ausfallen.

Den Enthusiasmus für irgendeine Frau muß man einer andern niemals anvertrauen; sie kennen sich untereinander zu gut, um sich einer solchen ausschließlichen Verehrung würdig zu halten. Die Männer kommen ihnen vor wie Käufer im Laden, wo der Handelsmann mit seinen Waren, die er kennt, im Vorteil steht, auch sie in dem besten Lichte vorzuzeigen, die Gelegenheit wahrnehmen kann; dahingegen der Käufer immer mit einer Art Unschuld hereintritt, er bedarf der Ware, will und wünscht sie und versteht gar selten, sie mit Kenneraugen zu betrachten. Jener weiß recht gut, was er gibt, dieser nicht immer, was er empfängt. Aber es ist einmal im menschlichen Leben und Umgang nicht mehr zu ändern, ja so löblich als notwendig; denn alles Begehren und Freien als Kaufen und Tauschen beruht darauf.

Wenn der Mensch sich mit äußeren Verhältnissen quält, wenn er die Besitztümer herbeischaffen und beschützen muß, wenn er sogar an der Staatsverwaltung Anteil nimmt, überall von Umständen abhängt und, ich möchte sagen, nichts regiert, indem er zu regieren glaubt, immer nur politisch sein muß, wo er gern vernünftig wäre, versteckt, wo er offen, falsch, wo er redlich zu sein wünschte; wenn er um des Zieles willen, das er nie erreicht, das schönste Ziel, die Harmonie mit sich selbst, in jedem Augenblicke aufgeben muß: indessen herrscht eine vernünftige Hausfrau im Innern wirklich und macht einer ganzen Familie jede Tätigkeit, jede Zufriedenheit möglich. Was ist das höchste Glück des Menschen, als daß wir das ausführen, was wir als recht und gut einsehen? daß wir wirklich Herren über die Mittel zu unsern Zwecken sind? Und wo wollen, wo können unsere nächsten Zwecke liegen, als innerhalb des Hauses? Alle immer wiederkehrenden unentbehrlichen Bedürfnisse, wo erwarten wir, wo fordern wir sie, als da, wo wir aufstehen und uns niederlegen, wo in Küche und Keller jede Art von Vorrat für uns und die Unsrigen immer bereit sein soll? Welche regelmäßige Tätigkeit wird erfordert, um diese immer wiederkehrende Ordnung in einer unverrückten lebendigen Folge durchzuführen! Wie wenig Männern ist es gegeben, gleichsam als ein Gestirn regelmäßig wiederzukehren und dem Tage so wie der Nacht vorzustehen! sich ihre häuslichen Werkzeuge zu bilden, zu pflanzen und zu ernten, zu verwahren und auszuspenden, und den Kreis immer mit Ruhe, Liebe und Zweckmäßigkeit zu durchwandeln! Hat ein Weib einmal diese innere Herrschaft ergriffen, so macht sie den Mann, den sie liebt, erst allein dadurch zum Herrn; ihre Aufmerksamkeit erwirbt alle Kenntnisse, und ihre Tätigkeit weiß sie alle zu benutzen. So ist sie von niemand abhängig und verschafft ihrem Manne die wahre Unabhängigkeit, die häusliche, die innere; das, was er besitzt, sieht er gesichert, das, was er erwirbt, gut benutzt, und so kann er sein Gemüt nach großen Gegenständen wenden, und wenn das Glück gut ist, das dem Staate sein, was seiner Gattin zu Hause so wohl ansteht.

Man betrachte ein Frauenzimmer als Liebende, als Braut, als Frau, Hausfrau und Mutter, immer steht sie isoliert, immer ist sie allein und will allein sein. Ja, die Eitle selbst ist in dem Falle. Jede Frau schließt die andere aus, ihrer Natur nach: denn von jeder wird alles gefordert, was dem ganzen Geschlechte zu leisten obliegt. Nicht so verhält es sich mit den Männern. Der Mann verlangt den Mann; er würde sich einen zweiten erschaffen, wenn es keinen gäbe: eine Frau könnte eine Ewigkeit leben, ohne daran zu denken, sich ihresgleichen hervorzubringen.

Liebe

Glückliche Jugend! Glückliche Zeiten des ersten Liebesbedürfnisses! der Mensch ist dann wie ein Kind, das sich am Echo stundenlang ergötzt, die Unkosten des Gesprächs allein trägt und mit der Unterhaltung wohl zufrieden ist, wenn der unsichtbare Gegenpart auch nur die letzten Silben der ausgerufenen Worte wiederholt.

Die Welt ist so leer, wenn man nur Berge, Flüsse und Städte darin denkt; aber hie und da jemand zu wissen, der mit uns übereinstimmt, mit dem wir auch stillschweigend fortleben, macht uns dieses Erdenrund erst zu einem bewohnten Garten.

Zwei liebende Herzen sind wie zwei Magnetuhren; was in der einen sich regt, muß auch die andere mitbewegen, denn es ist nur eins, was in beiden wirkt, eine Kraft, die sie durchgeht.

Die Liebe, deren Gewalt die Jugend empfindet, ziemt nicht dem Alter; so wie alles, was Produktivität voraussetzt. Daß diese sich mit den Jahren erhält, ist ein seltener Fall.

Alle Ganz- und Halbpoeten machen uns mit der Liebe dergestalt bekannt, daß sie müßte trivial geworden sein, wenn sie sich nicht naturgemäß in voller Kraft und vollem Glanz immer wieder erneute.

Der Mensch, abgesehen von der Herrschaft, in welcher die Passion ihn fesselt, ist noch von manchen notwendigen Verhältnissen gebunden. Wer diese nicht kennt oder in Liebe umwandeln will, der muß unglücklich werden.

Alle Liebe bezieht sich auf Gegenwart; was mir in der Gegenwart angenehm ist, sich abwesend mir immer darstellt, den Wunsch des erneuerten Gegenwärtigseins immerfort erregt, bei Erfüllung dieses Wunsches von einem lebhaften Entzücken, bei Fortsetzung dieses Glücks von einer immer gleichen Anmut begleitet wird, das eigentlich lieben wir, und hieraus folgt, daß wir alles lieben können, was zu unserer Gegenwart gelangen kann; ja, um das Letzte auszusprechen: Die Liebe des Göttlichen strebt immer darnach, sich das Höchste zu vergegenwärtigen.

Ganz nahe daran steht die Neigung, aus der nicht selten Liebe sich entwickelt. Sie bezieht sich auf ein reines Verhältnis, das in allem der Liebe gleicht, nur nicht in der notwendigen Forderung einer fortgesetzten Gegenwart.

Diese Neigung kann nach vielen Seiten gerichtet sein, sich auf manche Personen und Gegenstände beziehen, und sie ist es eigentlich, die den Menschen, wenn er sie sich zu erhalten weiß, in einer schönen Folge glücklich macht. Es ist einer eigenen Betrachtung wert, daß die Gewohnheit sich vollkommen an die Stelle der Liebesleidenschaft setzen kann, sie fordert nicht sowohl eine anmutige als bequeme Gegenwart, alsdann aber ist sie unüberwindlich. Es gehört viel dazu, ein gewohntes Verhältnis aufzuheben, es besteht gegen alles Widerwärtige; Mißvergnügen, Unwillen, Zorn vermögen nichts gegen dasselbe, ja sie überdauert die Verachtung, den Haß.

Die ersten Liebesneigungen einer unverdorbenen Jugend nehmen durchaus eine geistige Wendung. Die Natur scheint zu wollen, daß ein Geschlecht in dem andern das Gute und Schöne sinnlich gewahr werde.

Die ersten Schritte, die uns in den Irrgarten der Liebe bringen, sind so angenehm, die ersten Aussichten so reizend, daß man sie gar zu gern in sein Gedächtnis zurückruft. Jeder Teil sucht einen Vorzug vor dem andern zu behalten, er habe früher, uneigennütziger geliebt, und jedes wünscht in diesem Wettstreite lieber überwunden zu werden als zu überwinden.

Wahrhaft Liebende betrachten alles, was sie bisher empfunden, nur als Vorbereitung zu ihrem gegenwärtigen Glück, nur als Basis, worauf sich erst ihr Lebensgebäude erheben soll.

Vergangene Neigungen erscheinen wie Nachtgespenster, die sich vor dem anbrechenden Tage wegschleichen.

Die reinste Freude, die man an einer geliebten Person finden kann, ist die, zu sehen, daß sie andere erfreut.

Freundschaft kann sich bloß praktisch erzeugen, praktisch Dauer gewinnen. Neigung, ja sogar Liebe, hilft alles nichts zur Freundschaft. Die wahre, die tätige, produktive besteht darin, daß wir gleichen Schritt im Leben halten, daß der Freund meine Zwecke billigt, ich die seinen, und daß wir so unverrückt zusammen fortgehen, wie auch sonst die Differenz unserer Denk- und Lebensweise sein möge.

Wie ganz füllt das unser Herz, wenn wir, beleidigt, den Gegenstand unserer Liebe zu verlassen bei uns sehr eifrig festsetzen; mit welchen Verzerrungen von Seelenstärke treten wir wieder in seine Gegenwart! wie übt sich das in unserm Busen auf und ab! und wie platzt es zuletzt wieder auf einen Blick, einen Händedruck zusammen.

Wenn es gefährlich ist, einen Freund mit den Vorzügen seiner Geliebten bekannt zu machen, weil er sie wohl auch reizend und begehrenswürdig finden möchte, so ist die umgekehrte Gefahr nicht geringer, daß er uns durch seine Abstimmung irre machen kann.

Wie man aus Gewohnheit nach einer abgelaufenen Uhr hinsieht, als wenn sie noch ginge, so blickt man auch wohl einer Schönen ins Gesicht, als wenn sie noch liebte.

In jeder großen Trennung liegt ein Keim von Wahnsinn, man muß sich hüten, ihn nachdenklich auszubrüten und zu pflegen.

Die Ehe ist der Anfang und der Gipfel aller Kultur. Sie macht den Rohen mild, und der Gebildete hat keine bessere Gelegenheit, seine Milde zu beweisen. Unauflöslich muß sie sein: denn sie bringt so vieles Glück, daß alles einzelne Unglück dagegen gar nicht zu rechnen ist. Und was will man von Unglück reden? Ungeduld ist es, die den Menschen von Zeit zu Zeit anfällt, und dann beliebt er sich unglücklich zu finden. Lasse man den Augenblick vorübergehen, und man wird sich glücklich preisen, daß ein so lange Bestandenes noch besteht. Sich zu trennen, gibt's gar keinen hinlänglichen Grund. Der menschliche Zustand ist so hoch in Leiden und Freuden gesetzt, daß gar nicht berechnet werden kann, was ein Paar Gatten einander schuldig werden. Es ist eine unendliche Schuld, die nur durch die Ewigkeit abgetragen werden kann. Unbequem mag es manchmal sein, das glaub' ich wohl, und das ist eben recht. Sind wir nicht auch mit dem Gewissen verheiratet, das wir oft gerne los sein möchten, weil es unbequemer ist, als uns je ein Mann oder eine Frau werden könnte.

Der sittliche Mensch erregt Neigung und Liebe nur insofern, als man Sehnsucht in ihm gewahr wird; sie drückt Besitz und Wunsch zugleich aus, den Besitz eines zärtlichen Herzens, und den Wunsch, ein gleiches in andern zu finden; durch jenes ziehen wir an, durch dieses geben wir uns hin.

Glücklicherweise kann der Mensch nur einen gewissen Grad des Unglücks fassen; was darüber hinausgeht, vernichtet ihn oder läßt ihn gleichgültig. Es gibt Lagen, in denen Furcht und Hoffnung eins werden, sich einander wechselseitig aufheben und in eine dunkle Fühllosigkeit verlieren. Wie könnten wir sonst die entfernten Geliebtesten in stündlicher Gefahr wissen und dennoch unser gewöhnliches tägliches Leben immer so forttreiben.

Man feiere nur, was glücklich vollendet ist; alle Zeremonien zum Anfange erschöpfen Lust und Kräfte, die das Streben hervorbringen und uns bei einer fortgesetzten Mühe beistehen sollen. Unter allen Festen ist das Hochzeitsfest das unschicklichste; keines sollte mehr in Stille, Demut und Hoffnung begangen werden als dieses.

Glück

Der allein ist glücklich und groß, der weder zu herrschen noch zu gehorchen braucht, um etwas zu sein!

Eine liebevolle Aufmerksamkeit auf das, was der Mensch besitzt, macht ihn reich, indem er sich einen Schatz der Erinnerung an gleichgültigen Dingen dadurch anhäuft.

Gewiß, weil wir doch einmal so gemacht sind, daß wir alles mit uns und uns mit allem vergleichen, so liegt Glück oder Elend in den Gegenständen, womit wir uns zusammenhalten, und da ist nichts gefährlicher als die Einsamkeit. Unsere Einbildungskraft, durch die Natur gedrungen, sich zu erheben, durch die phantastischen Bilder der Dichtkunst genährt, bildet eine Reihe Wesen hinauf, wo wir das unterste sind und alles außer uns herrlicher erscheint, jeder andere vollkommener ist. Und das geht ganz natürlich zu. Wir fühlen so oft, daß uns manches mangelt, und eben was uns fehlt, scheint uns oft ein anderer zu besitzen, dem wir denn auch alles dazu geben, was wir haben und noch eine gewisse idealische Behaglichkeit dazu. Und so ist der Glücklichste vollkommen fertig, das Geschöpf unserer selbst. Dagegen, wenn wir mit all unserer Schwachheit und Mühseligkeit nur gerade fortarbeiten, so finden wir gar oft, daß wir mit unserem Schlendern und Lavieren es weiter bringen als andere mit ihrem Segeln und Rudern – und das ist doch ein wahres Gefühl seiner selbst, wenn man andern gleich oder gar vorläuft.

Die Gegenwart des Elenden ist dem Glücklichen zur Last, und ach! der Glückliche dem Elenden noch mehr.

Wie man zu sagen pflegt, daß kein Unglück allein komme, so läßt sich auch wohl bemerken, daß es mit dem Glück ähnlicherweise beschaffen sei; ja auch mit andern Umständen, die sich auf eine harmonische Weise um uns versammeln; es sei nun, daß ein Schicksal dergleichen auf uns lege oder daß der Mensch die Kraft habe, das, was zusammengehört, an sich heranzuziehen.

Man pflegt das Glück wegen seiner großen Beweglichkeit kugelrund zu nennen, und zwar doppelt mit Recht; denn es gilt diese Vergleichung auch in einem anderen Sinne. Ruhig vor Augen stehend, zeigt die Kugel sich dem Betrachtenden als ein befriedigendes, vollkommenes, in sich abgeschlossenes Wesen; daher kann sie aber auch, so wie der Glückliche, unsere Aufmerksamkeit nicht lange fesseln. Alles Wohlbehagen, alle Zufriedenheit ist einfach, sie mögen, woher es auch sei, entspringen. Die Glücklichen überlassen wir sich selbst, und wenn am Ende des Schauspiels die Liebenden in Wonne vereinigt gesehen werden, gleich fällt der Vorhang, und der Zuschauer, der sich stundenlang durch so manche Verworrenheit, Verdrießlichkeit und Verlegenheit festhalten ließ, eilt ungesäumt nach Hause. In diesem Bezug vergleichen wir das Unglück mit einem Tausendeck, das den überall anstoßenden Blick verwirrt, wobei der zartere Sinn nirgends Beruhigung findet. Denn wie auf der Kugel das Licht sanft zu verweilen angelockt wird, das Rund sich in milden Schatten und Widerscheinen uns offenbart, so sendet das Vieleck von jeder Seite andern Glanz, andere Verdüsterung, andere Farben, andere Schatten und Widerscheine; das Auge, beunruhigt, verweilt darauf, begierig dasjenige in eins zu fassen, was sich selbst zerstreut, und es wird von einer Teilnahme beschäftigt, welche, wie durch ein unauflösbares Rätsel erhalten, schwankt.

Wie von unsichtbaren Geistern gepeitscht, gehen die Sonnenpferde der Zeit mit unsers Schicksals leichtem Wagen durch, und uns bleibt nichts, als mutig gefaßt, die Zügel festzuhalten, und bald rechts, bald links vom Steine hier, vom Sturze da die Räder wegzulenken. Wohin es geht, wer weiß es? Erinnert er sich doch kaum, woher er kam.

Wir bemerken, daß die lebhaftesten und höchsten Vergnügen, wie die vorbeifliegenden Pferde, nur einen

Augenblick uns erscheinen, uns rühren und kaum eine Spur in der Seele zurücklassen; daß Freiheit und Gleichheit nur in dem Taumel des Wahnsinns genossen werden können und daß die größte Lust nur dann am höchsten reizt, wenn sie sich ganz nahe an die Gefahr drängt und lüstern ängstlich süße Empfindungen in ihrer Nähe genießet.

Manchmal sieht unser Schicksal aus wie ein Fruchtbaum im Winter. Wer sollte bei dem traurigen Ansehen desselben wohl denken, daß diese starren Äste, diese zackigen Zweige im nächsten Frühjahr wieder grünen, blühen, sodann Früchte tragen könnten; doch wir hoffen's, wir wissen's.

Dreimal glücklich sind diejenigen zu preisen, die ihre Geburt sogleich über die untern Stufen der Menschheit hinaushebt; die durch jene Verhältnisse, in welchen sich manche guten Menschen die ganze Zeit ihres Lebens abängstigen, nicht durchzugehen, auch nicht einmal darin als Gäste zu verweilen brauchen. Allgemein und richtig muß ihr Blick auf dem höheren Standpunkte werden, leicht ein jeder Schritt ihres Lebens! Sie sind von Geburt an gleichsam in ein Schiff gesetzt, um bei der Überfahrt, die wir alle machen müssen, sich des günstigen Windes zu bedienen und den widrigen abzuwarten, anstatt daß andere nur für ihre Person schwimmend sich abarbeiten, vom günstigen Winde wenig Vorteil genießen und im Sturme mit bald erschöpften

Kräften untergehen. Welche Bequemlichkeit, welche Leichtigkeit gibt ein angeborenes Vermögen! Und wie sicher blühet ein Handel, der auf ein gutes Kapital gegründet ist, so daß nicht jeder mißlungene Versuch sogleich in Untätigkeit versetzt! Wer kann den Wert und Unwert irdischer Dinge besser kennen, als der sie zu genießen von Jugend auf im Falle war, und wer kann seinen Geist früher auf das Notwendige, das Nützliche, das Wahre leiten, als der sich von so vielen Irrtümern in einem Alter überzeugen muß, wo es ihm noch an Kräften nicht gebricht, ein neues Leben anzufangen.

Der Mensch kann in keine gefährlichere Lage versetzt werden, als wenn durch äußere Umstände eine große Veränderung seines Zustandes bewirkt wird, ohne daß seine Art zu empfinden und zu denken darauf vorbereitet ist. Es gibt alsdann eine Epoche ohne Epoche, und es entsteht nur ein desto größerer Widerspruch, je weniger der Mensch bemerkt, daß er zu dem neuen Zustande noch nicht ausgebildet sei.

Wenn der Edelmann im gemeinen Leben gar keine Grenzen kennt, wenn man aus ihm Könige und königähnliche Figuren erschaffen kann, so darf er überall mit einem stillen Bewußtsein vor seinesgleichen treten; er darf überall vorwärtsdringen, anstatt daß dem Bürger nichts besser ansteht, als das reine stille Gefühl der Grenzlinie, die ihm gezogen ist. Er darf nicht fragen: was bist du? sondern nur: was hast du? welche Einsicht, welche Kenntnis, welche Fähigkeit, wieviel Vermögen? Wenn der Edelmann durch die Darstellung seiner Person alles gibt, so gibt der Bürger durch seine Persönlichkeit nichts und soll nichts geben. Jener darf und soll scheinen; dieser soll nur sein, und was er scheinen will, ist lächerlich und abgeschmackt. Jener soll tun und wirken, dieser soll leisten und schaffen; er soll einzelne Fähigkeiten ausbilden, um brauchbar zu werden, und es wird schon vorausgesetzt, daß in seinem Wesen keine Harmonie sei, noch sein dürfe, weil er, um sich auf eine Weise brauchbar zu machen, alles übrige vernachlässigen muß.

Der Glückliche ist nicht geeignet, Glücklichen vorzustehen: es liegt in der menschlichen Natur, immer mehr von sich und von anderen zu fordern, je mehr man empfangen hat.

Nur der Unglückliche, der sich erholt, weiß für sich und andere das Gefühl zu nähren, daß auch ein mäßiges Gute mit Entzücken genossen werden soll.

Tiefe Wunden schlägt das Schicksal, aber oft heilbare. Wunden, die das Herz dem Herzen schlägt, das Herz sich selber, die sind unheilbar.

Unter allen Besitzungen auf Erden ist ein *eigen Herz* die kostbarste, und unter Tausenden haben sie kaum zwei.

Ob denn die Glücklichen glauben, daß der Unglückliche wie ein Gladiator mit Anstand vor ihnen umkommen solle, wie der römische Pöbel zu fordern pflegte.

Charakter

Nicht die Talente, nicht das Geschick zu diesem oder jenem machen eigentlich den *Mann der Tat*, die Persönlichkeit ist's, von der in solchen Fällen alles abhängt. Der Charakter ruht auf der Persönlichkeit, nicht auf den Talenten. Talente können sich zum Charakter gesellen, er gesellt sich nicht zu ihnen: denn ihm ist alles entbehrlich, außer er selbst.

Ich kann mich nur über *den* Menschen freuen, der weiß, was ihm und andern nütze ist, und seine Willkür zu beschränken arbeitet. Jeder hat sein eigen Glück unter den Händen, wie der Künstler eine rohe Materie, die er zu einer Gestalt umbilden will. Aber es ist mit dieser Kunst wie mit allen; nur die Fähigkeit dazu wird uns angeboren, sie will gelernt und sorgfältig ausgeübt sein.

Es ist nichts erbärmlicher in der Welt als ein unentschlossener Mensch, der zwischen zweien Empfindungen schwebt, gern beide vereinigen möchte und nicht begreift, daß nichts sie vereinigen kann als eben der Zweifel, die Unruhe, die ihn peinigen.

Jedes Wesen, das sich als Einheit fühlt, will sich in seinem eigenen Zustand ungetrennt und unverrückt erhalten. Dies ist eine ewige notwendige Gabe der Natur, und so kann man sagen, jedes einzelne habe Charakter, bis zum Wurm hinunter, der sich krümmt, wenn er getreten wird. In diesem Sinne dürfen wir dem Schwachen, ja dem Feigen selbst Charakter zuschreiben; denn er gibt auf, was andere Menschen über alles schätzen, was aber nicht zu seiner Natur gehört: die Ehre, den Ruhm, nur damit er seine Persönlichkeit erhalte. Doch bedient man sich des Wortes Charakter gewöhnlich in einem höheren Sinne, wenn nämlich eine Persönlichkeit von bedeutenden Eigenschaften auf ihre Weise verharrt und sich durch nichts davon abwendig machen läßt.

Einen starken Charakter nennt man, wenn er sich allen äußerlichen Hindernissen mächtig entgegensetzt und seine Eigentümlichkeit selbst mit Gefahr, seine Persönlichkeit zu verlieren, durchzusetzen sucht. Einen großen Charakter nennt man, wenn die Stärke desselben zugleich mit großen, unübersehlichen, unendlichen Eigenschaften, Fähigkeiten verbunden ist und durch ihn ganz originelle, unerwartete Pläne zum Vorschein kommen.

Ob nun gleich jeder wohl einsieht, daß hier eigentlich das Überschwengliche, wie überhaupt, die Größe macht, so muß man sich doch ja nicht irren und etwa glauben, daß hier von einem Sittlichen die Rede sei. Das Hauptfundament des Sittlichen ist der gute Wille, der seiner Natur nach nur aufs Rechte gerichtet sein kann; das Hauptfundament des Charakters ist das entschiedene Wollen, ohne Rücksicht auf Recht und Unrecht, auf Gut und Böse, auf Wahrheit und Irrtum; es ist das, was jede Partei an den Ihrigen so höchlich schätzt. Der Wille gehört der Freiheit, er bezieht sich auf den inneren Menschen, auf den Zweck, das Wollen gehört der Natur und bezieht sich auf die äußere Welt, auf die Tat; und weil das irdische Wollen nur immer ein beschränktes sein kann, so läßt sich beinahe voraussetzen, daß in der Ausübung das höhere Rechte niemals oder nur durch Zufall gewollt werden kann.

Der Mensch ist dem Irren unterworfen, und wie er in einer Folge, wie er anhaltend irrt, so wird er sogleich falsch gegen sich und gegen andere; dieser Irrtum mag in Meinungen oder in Neigungen bestehen. Von Neigungen wird es uns deutlicher, weil nicht leicht jemand sein wird, der eine solche Erfahrung nicht an sich gemacht hätte. Man widme einer Person mehr Liebe, mehr Achtung, als sie verdient, sogleich muß man falsch gegen sich und andere werden; man ist genötigt, auffallende Mängel als Vorzüge zu betrachten und sie bei sich wie bei andern dafür gelten zu machen.

Dagegen lassen Vernunft und Gewissen sich ihre Rechte nicht nehmen. Man kann sie belügen, aber nicht täuschen. Ja wir tun nicht zu viel, wenn wir sagen: je moralischer, je vernünftiger der Mensch ist, desto lügenhafter wird er, sobald er irrt, desto ungeheurer muß der Irrtum werden, sobald er darin verharrt, und je schwächer die Vernunft, je stumpfer das Gewissen, desto mehr zieht der Irrtum den Menschen, weil er nicht gewarnt ist. Das Irren wird nur bedauernswert, ja es kann liebenswürdig erscheinen.

Ängstlich aber ist es anzusehen, wenn ein starker Charakter, um sich selbst getreu zu bleiben, treulos gegen die Welt wird und, um innerlich wahr zu sein, das Wirkliche für eine Lüge erklärt und sich dabei ganz gleichgültig erzeigt, ob man ihn für halsstarrig, verstockt, eigensinnig oder für lächerlich halte. Dessenungeachtet bleibt der Charakter immer Charakter, er mag das Rechte oder das Unrechte, das Wahre oder das Falsche wollen und eifrig dafür arbeiten.

Allein hiermit ist noch nicht das ganze Rätsel aufgelöst; noch ein geheimnisvolleres liegt dahinter. Es kann sich nämlich im Menschen ein höheres Bewußtsein finden, so daß er über die notwendige ihm innewohnende Natur, an der er durch alle Freiheit nichts zu verändern vermag, eine gewisse Übersicht hält. Hierüber völlig ins Klare zu kommen ist beinahe unmöglich; sich in einzelnen Augenblicken zu schelten, geht wohl an, aber niemandem ist gegeben, fortwährend zu tadeln. Greift man nicht zu den gemeinen Mitteln, seine Mängel auf die Umstände, auf andere Menschen zu schieben, so entsteht zuletzt aus dem Konflikt eines vernünftig richtenden Bewußtseins mit der zwar modifikablen, aber doch unveränderlichen Natur eine Art von Ironie in und mit uns selbst, so daß wir unsere Fehler und Irrtümer wie ungezogene Kinder spielend behandeln, die uns vielleicht nicht so lieb sein würden, wenn sie nicht eben mit solchen Unarten behaftet wären.

Ein zu zart Gewissen, das eigne Selbst überschätzend, macht hypochondrisch, wenn es nicht durch große Tätigkeit balanciert wird.

Des Menschen größtes Verdienst bleibt wohl, wenn er die Umstände so viel als möglich bestimmt und sich so wenig als möglich von ihnen bestimmen läßt. Das ganze Weltwesen liegt vor uns wie ein großer Steinbruch vor dem Baumeister, der nur dann den Namen verdient, wenn er aus diesen zufälligen Naturmassen ein in seinem Geiste entsprungenes Urbild mit der größten Ökonomie, Zweckmäßigkeit und Festigkeit zusammenstellt. Alles außer uns ist nur Element, ja ich darf wohl sagen, auch alles an uns; aber tief in uns liegt diese schöpferische Kraft, die das zu erschaffen vermag, was sein soll und uns nicht ruhen und rasten läßt, bis wir es außer uns oder an uns, auf eine oder die andere Weise dargestellt haben.

Kühn handelt jedesmal der Gottberuf'ne; »ich hab's gewagt!« ist sein Wahlspruch; nicht: darf ich? kann ich? wer steht mir bei? wird's auch werden? – Sonst geschähe in der Welt nichts. Bei jedem Schritte wagen wir ja und zertreten Mücken.

Man bedenkt nicht immer, daß ein kühn Unternommenes in der Ausführung gleichfalls Kühnheit erfordert, weil bei dem Ungemeinen durch gemeine Mittel nicht wohl auszulangen sein möchte.

Wir sind nicht klein, wenn Umstände uns zu schaffen machen, nur wenn sie uns überwältigen.

Das gemeine Menschenschicksal, an welchem wir alle zu tragen haben, muß denjenigen am schwersten aufliegen, deren Geisteskräfte sich früher und breiter entwickeln. Wir mögen unter dem Schutz von Eltern und Verwandten emporkommen, wir mögen uns an Geschwister und Freunde anlehnen, durch Bekannte unterhalten, durch geliebte Personen beglückt werden, so ist doch immer das Finale: daß der Mensch auf sich zurückgewiesen wird, und es scheint, es habe sogar die Gottheit sich so zu dem Menschen gestellt, daß sie dessen Ehrfurcht, Zutrauen und Liebe nicht immer, wenigstens nicht gerade im dringenden Augenblick erwidern kann.

Wie kann sich der Mensch gegen das Unendliche stellen, als wenn er alle geistigen Kräfte, die nach vielen Seiten hingezogen werden, in seinem Innersten, Tiefsten versammelt, wenn er sich fragt: darfst du dich in der Mitte dieser ewig lebendigen Ordnung auch nur denken, sobald sich nicht gleichfalls in dir ein herrlich Bewegtes, um einen Mittelpunkt kreisend, hervortut?

Und selbst wenn es dir schwer würde, diesen Mittelpunkt in einem Busen aufzufinden, so würdest du ihn daran erkennen, daß eine wohlwollende wohltätige Wirkung von ihm ausgeht und von ihm Zeugnis gibt.

Wer soll, wer kann aber auf sein vergangenes Leben zurückblicken, ohne gewissermaßen irre zu werden, da er meistens finden wird, daß sein Wollen richtig, sein Tun falsch, sein Begehren tadelhaft und sein Erlangen dennoch erwünscht gewesen?

Unser physisches sowohl als geselliges Leben, Sitten, Gewohnheiten, Weltklugheit, Philosophie, Religion, ja so manches zufällige Ereignis, alles ruft uns zu: *daß wir entsagen sollen.* So manches, was uns innerlich eigenst angehört, sollen wir nicht nach außen hervorbilden: was wir von außen zur Ergänzung unseres Wesens bedürfen, wird uns entzogen, dagegen aber so vieles aufgedrungen, das uns so fremd als lästig ist. Man beraubt uns des mühsam Erworbenen, des freundlich Gestatteten, und ehe wir hierüber recht ins Klare sind, finden wir uns genötigt, unsere Persönlichkeit erst stückweise und dann völlig aufzugeben. Dabei ist es aber hergebracht, daß man denjenigen nicht achtet, der sich deshalb ungebärdig stellt, vielmehr soll man, je bitterer der Kelch ist, eine desto süßere Miene machen, damit ja der gelassene Zuschauer nicht durch irgendeine Grimasse beleidigt werde.

Diese schwere Aufgabe jedoch zu lösen, hat die Natur den Menschen mit reichlicher Kraft, Tätigkeit und

Zähigkeit ausgestattet. Besonders aber kommt ihm der Leichtsinn zu Hilfe, der ihm unzerstörlich verliehen ist. Hierdurch wird er fähig, dem einzelnen in jedem Augenblick zu entsagen, wenn er nur im nächsten Moment nach etwas Neuem greifen darf; und so stellen wir uns unbewußt unser ganzes Leben wieder her. Wir setzen eine Leidenschaft an die Stelle der andern; Beschäftigungen, Neigungen, Liebhabereien, Steckenpferde, alles probieren wir durch, um zuletzt auszurufen: daß alles eitel sei.

Das ist der Vorzug edler Naturen, daß ihr Hinscheiden in höhere Regionen segnend wirkt, wie ihr Verweilen auf der Erde: daß sie uns von dorther gleich Sternen entgegenleuchten, als Richtpunkte, wohin wir unseren Lauf bei einer nur zu oft durch Stürme unterbrochenen Fahrt zu richten haben; daß diejenigen, zu denen wir uns als zu Wohlwollenden und Hilfreichen im Leben hinwendeten, nun die sehnsuchtsvollen Blicke nach sich ziehen als Vollendete, Selige.

Kunst

Das Studium der Kunst, wie das der alten Schriftsteller, gibt uns einen gewissen Halt, eine Befriedigung in uns selbst; indem sie unser Inneres mit großen Gegenständen und Gesinnungen füllt, bemächtigt sie sich aller Wünsche, die nach außen streben, und hegt jedes würdige Verlangen in unserem stillen Busen.

Die Kunst übernimmt nicht, mit der Natur in ihrer Breite und Tiefe zu wetteifern, sie hält sich an die Oberfläche der natürlichen Erscheinungen, aber sie hat ihre eigene Tiefe, ihre eigene Gewalt; sie fixiert die höchsten Momente dieser oberflächlichen Erscheinungen, indem sie das Gesetzliche darin anerkennt, die Vollkommenheit der zweckmäßigen Proportion, den Gipfel der Schönheit, die Würde der Bedeutung, die Höhe der Leidenschaft.

Der innere Gehalt des bearbeiteten Gegenstandes ist der Anfang und das Ende der Kunst. Man wird zwar nicht leugnen, daß das Genie, das ausgebildete Kunsttalent, durch Behandlung aus allem alles machen und den widerspenstigen Stoff bezwingen könne. Genau besehen, entsteht aber alsdann immer mehr ein Kunststück als ein Kunstwerk, welches auf einem würdigen Gegenstande ruhen soll, damit uns zuletzt die Behandlung durch Geschick, Mühe und Fleiß die Würde des Stoffes nur desto glücklicher und herrlicher entgegenbringe.

Vollendung des Kunstwerks *in sich selbst* ist die ewig unerläßliche Forderung. Aristoteles, der das Vollkommene vor sich hatte, sollte an Effekt gedacht haben? welch ein Jammer!

Natur und Kunst ist zu groß, um auf Zwecke loszugehen; *Bezüge* gibt's überall und Bezüge sind das Leben!

Jedes künstlerisch Hervorgebrachte versetzt uns in die Stimmung, in welcher sich der Verfasser befand. War sie heiter und leicht, so werden wir uns frei fühlen; war sie beschränkt, sorglich und bedenklich, so zieht sie uns gleichmäßig in die Enge.

Die höchste Aufgabe einer jeden Kunst ist, durch den Schein die Täuschung einer höheren Wirklichkeit zu geben. Ein falsches Bestreben aber ist, den Schein so lange zu verwirklichen, bis endlich nur ein gemeines Wirkliche übrig bleibt.

Auffassung und Darstellung des Besonderen ist das eigentliche Leben der Kunst.

Solange man sich im Allgemeinen hält, kann es uns jeder nachmachen; aber das Besondere macht uns niemand nach; warum? weil es die anderen nicht erlebt haben.

Die Kunst ruht auf einer Art religiösem Sinn, auf einem tiefen, unerschütterlichen Ernst; deswegen sie sich auch so gern mit der Religion vereinigt. Die Religion bedarf keines Kunstsinnes. Sie ruht auf ihrem eigenen Ernst; sie verleiht aber auch keinen, so wenig sie Geschmack gibt.

Der Glaube hat die Künste wieder hervorgehoben, der Aberglaube hingegen ist Herr über sie geworden und hat sie abermals zugrunde gerichtet.

Es gibt keine patriotische Kunst und keine patriotische Wissenschaft. Beide gehören, wie alles Hohe, Gute, der ganzen Welt an und können nur durch allgemeine freie Wechselwirkung aller zugleich Lebenden in steter Rücksicht auf das, was uns vom Vergangenen übrig und bekannt ist, gefördert werden.

Man muß etwas *sein*, um etwas zu *machen*... Man muß, gleich den Griechen, mit persönlicher Großheit sich an die Natur wenden.

Allen anderen Künsten muß man etwas vorgeben; der griechischen allein bleibt man ewig Schuldner.

Der wahre Künstler steht fest und sicher auf sich selbst; sein Streben, sein Ziel ist der höchste Zweck der Kunst. Er wird sich immer noch weit von diesem Ziele finden und daher gegen die Kunst oder den Kunstbegriff notwendig allemal sehr bescheiden sein und gestehen, daß er noch wenig geleistet habe, wie vortrefflich auch sein Werk sein mag und wie hoch auch sein Selbstgefühl im Verhältnis gegen die Welt steigen möchte. Dilettanten oder eigentlich Pfuscher scheinen im Gegenteil nicht nach einem Ziele zu streben, nicht *vor sich hin* zu sehen, sondern nur auf das, was *neben* ihnen geschieht. Darum vergleichen sie auch immer, sind meistens im Lob übertrieben, tadeln ungeschickt, haben eine unendliche Ehrerbietung vor ihresgleichen, geben sich dadurch ein Ansehen von Freundlichkeit, von Billigkeit, indem sie doch bloß sich selbst erheben.

Der menschliche Geist befindet sich in einer herrlichen Lage, wenn er verehrt, wenn er anbetet, wenn er einen Gegenstand erhebt und von ihm erhoben wird; allein er mag in diesem Zustand nicht lange verharren, der Gattungsbegriff ließ ihn kalt, das Ideal erhob ihn über sich selbst; nun aber möchte er in sich selbst wieder zurückkehren, er möchte jene frühere Neigung, die er zum Individuo gehegt, wieder genießen, ohne in jene Beschränktheit zurückzukehren, und will auch das Bedeutende, das Geisterhebende nicht fahren lassen. Was würde aus ihm in diesem Zustande werden, wenn die Schönheit nicht einträte und das Rätsel glücklich löste!

Sie gibt dem Wissenschaftlichen erst Leben und Wärme, und indem sie das Bedeutende, Hohe mildert und himmlischen Reiz darüber ausgießt, bringt sie es uns wieder näher. Ein schönes Kunstwerk hat den ganzen Kreis durchlaufen, es ist nun wieder eine Art Individuum, das wir mit Neigung umfassen, das wir uns zueignen können.

Soll das Ungeheure, wenn es uns als Masse entgegentritt, nicht erschrecken, soll es nicht verwirren, wenn wir sein Einzelnes zu erforschen suchen, so muß es eine unnatürliche, scheinbar unmögliche Verbindung eingehen, es muß sich das Angenehme zugesellen.

Sobald der Mensch an mannigfaltige Tätigkeit, oder mannigfaltigen Genuß Anspruch macht, so muß er auch fähig sein, mannigfaltige Organe an sich gleichsam unabhängig voneinander auszubilden. Wer alles und jedes in seiner ganzen Menschheit tun oder genießen will, wer alles außer sich zu einer solchen Art von Genuß verknüpfen will, der wird seine Zeit nur mit einem ewig unbefriedigten Streben hinbringen. Wie schwer es ist, was so natürlich scheint, eine gute Natur, ein treffliches Gemälde an und für sich zu beschauen, den Gesang um des Gesanges willen zu vernehmen, den Schauspieler im Schauspieler zu bewundern, sich eines Gebäudes um seiner eigenen Harmonie und seiner Dauer willen zu erfreuen. Nun sieht man aber meist die Menschen, entschiedene Werke der Kunst geradezu behandeln, als wenn es ein weicher Ton wäre. Nach ihren Neigungen, Meinungen und Grillen soll sich der gebildete Marmor sogleich wieder ummodeln, das festgemauerte Gebäude sich ausdehnen oder zusammenziehen. Ein Gemälde soll lehren, ein Schauspieler bessern, und alles soll alles werden. Eigentlich aber, weil die meisten Menschen selbst formlos sind, weil sie sich und ihrem Wesen selbst keine Gestalt geben können, so arbeiten sie, den Gegenständen ihre Gestalt zu nehmen, damit ja alles loser und lockerer Stoff werde, wozu sie auch gehören. Alles reduzieren sie zuletzt auf den sogenannten Effekt, alles ist relativ, und so wird auch alles relativ, außer dem Unsinn und der Abgeschmacktheit, die denn auch ganz absolut regiert.

Allem Leben, allem Tun, aller Kunst muß das Handwerk vorausgehen, welches nur in der Beschränkung erworben wird. Eines recht wissen und ausüben, gibt höhere Bildung als Halbheit im Hundertfältigen.

Werde ja nicht mild im Urteil! was ist das Herrliche der Vorzeit, wenn sich das Nichtige des Tages aufdringen darf, weil es für diesmal das Privilegium hat, gegenwärtig und lebendig zu sein?

Wer aufhört, mit den Meistern seiner Kunst zu konversieren, der kommt nicht vorwärts und ist immer in Gefahr zurückzuschwanken. – Wie oft seh' ich Talente, die sich gebärden wie die Wespe an der Fensterscheibe;

sie möchten das Undurchdringliche mit dem Kopfe durchbohren. Das ginge, denken sie, weil es durchsichtig ist!

Die Dilettanten, wenn sie das Möglichste getan haben, pflegen zu ihrer Entschuldigung zu sagen: die Arbeit sei noch nicht fertig. Freilich kann sie nie fertig werden, weil sie nie recht angefangen ward.

Der Meister stellt sein Werk mit wenigen Strichen als fertig dar; ausgeführt oder nicht, schon ist es vollendet. Der geschickteste Dilettant tastet im Ungewissen, und wie die Ausführung wächst, kommt die Unsicherheit der ersten Anlage immer mehr zum Vorschein. Ganz zuletzt entdeckt sich das Verfehlte, das nicht auszugleichen ist, und so kann das Werk freilich nicht fertig werden.

Weil der Dilettant seinen Beruf zum Selbstproduzieren erst aus den Wirkungen der Kunstwerke auf sich empfängt, so verwechselt er diese Wirkungen mit den objektiven Ursachen und Motiven, und meint nun den Empfindungszustand, in den er versetzt ist, auch produktiv und praktisch zu machen; wie wenn man mit dem Geruch einer Blume die Blume selbst hervorzubringen gedächte.

Poesie wirkt am meisten im Anfang der Zustände, sie seien nun ganz roh, halbkultiviert oder bei Abänderung einer Kultur, daß man also sagen kann, die Wirkung der Neuheit findet durchaus statt.

Musik im besten Sinne bedarf weniger der Neuheit, ja vielmehr, je älter sie ist, je gewohnter man sie ist, desto mehr wirkt sie.

Die Würde der Kunst erscheint bei der Musik vielleicht am eminentesten, weil sie keinen Stoff hat, der abgerechnet werden müßte, sie ist ganz Form und Gehalt und erhöht und veredelt alles, was sie ausdrückt.

Plastik wirkt eigentlich nur auf ihrer höchsten Stufe; alles Mittlere kann wohl aus mehr denn einer Ursache imponieren, aber alle mittleren Kunstwerke dieser Art machen mehr irre, als daß sie erfreuen. Die Bildhauerkunst muß sich daher noch ein stoffartiges Interesse suchen, und das findet sie in den Bildnissen bedeutender Menschen. Aber auch hier muß sie schon einen hohen Grad erreichen, wenn sie zugleich wahr und würdig sein will.

Die *Malerei* ist die läßlichste und bequemste von allen Künsten. Die läßlichste, weil man ihr um des Stoffes und des Gegenstandes willen auch da, wo sie nur Handwerk oder kaum eine Kunst ist, vieles zugute hält und sich an ihr erfreut; teils weil eine technische obgleich geistlose Ausführung den Ungebildeten wie den Gebildeten in Verwunderung setzt, so daß sie sich also nur einigermaßen zur Kunst zu steigern braucht, um in einem höheren Grade willkommen zu sein. Wahrheit in Farben, Oberflächen, in Beziehungen der sichtbaren

Gegenstände aufeinander ist schon angenehm, und da das Auge ohnehin gewohnt ist, alles zu sehen, so ist ihm eine Mißgestalt und also auch ein Mißbild nicht so zuwider als dem Ohr ein Mißton. Man läßt die schlechteste Abbildung gelten, weil man noch schlechtere Gegenstände zu sehen gewohnt ist. Der Maler darf also nur einigermaßen Künstler sein, so findet er schon ein größeres Publikum als der Musiker, der auf gleichem Grade stünde; wenigstens kann der geringere Maler immer für sich operieren, anstatt daß der mindere Musiker sich mit andern soziieren muß, um durch gesellige Leistung einigen Effekt zu tun.

Es gibt mancherlei Denkmale und Merkzeichen, die uns Entfernte und Abgeschiedene näher bringen. Keines ist von der Bedeutung des Bildes. Die Unterhaltung mit einem geliebten Bilde, selbst wenn es unähnlich ist, hat was Reizendes, wie es manchmals etwas Reizendes hat, sich mit einem Freunde streiten. Man fühlt auf eine angenehme Weise, daß man zu zweien ist und doch nicht auseinander kann.

Man unterhält sich manchmal mit einem gegenwärtigen Menschen als mit einem Bilde. Er braucht nicht zu sprechen, uns nicht anzusehen, sich nicht mit uns zu beschäftigen: wir sehen ihn, wir fühlen unser Verhältnis zu ihm, ja sogar unsere Verhältnisse zu ihm können wachsen, ohne daß er etwas dazu tut, ohne daß er etwas davon empfindet, daß er sich eben bloß zu uns wie ein Bild verhält.

Man ist niemals mit einem Porträt zufrieden von Personen, die man kennt. Deswegen habe ich die Porträtmaler immer bedauert. Man verlangt so selten von den Leuten das Unmögliche, und gerade von diesen fordert man's. Sie sollen einem jeden sein Verhältnis zu den Personen, seine Neigung und Abneigung mit in ihr Bild aufnehmen; sie sollen nicht bloß darstellen, wie sie einen Menschen fassen, sondern wie jeder ihn fassen würde. Es nimmt mich nicht wunder, wenn solche Künstler nach und nach verstockt, gleichgültig und eigensinnig werden. Daraus möchte denn entstehen was wollte, wenn man nur nicht gerade darüber die Abbildungen so mancher lieben und teuren Menschen entbehren müßte.

Wenn der Smaragd durch seine herrliche Farbe dem Gesicht wohl tut, ja sogar einige Heilkraft an diesem edlen Sinn ausübt; so wirkt die menschliche Schönheit noch mit weit größerer Gewalt auf den äußeren und inneren Sinn. Wer sie erblickt, den kann nichts Übles anwehen: er fühlt sich mit sich selbst und mit der Welt in Übereinstimmung.

Der Mensch ist so geneigt, sich mit dem Gemeinsten abzugeben, Geist und Sinne stumpfen sich so leicht gegen die Eindrücke des Schönen und Vollkommenen ab, daß man die Fähigkeit, es zu empfinden, bei sich auf alle Weise erhalten sollte. Denn einen solchen Genuß kann niemand ganz entbehren, und nur die Ungewohntheit, etwas Gutes zu genießen, ist Ursache, daß viele Menschen schon am Albernen und Abgeschmackten, wenn es neu ist, Vergnügen finden. Man sollte alle Tage wenigstens ein kleines Lied hören, ein gutes Gedicht lesen, ein treffliches Gemälde sehen und, wenn es möglich zu machen wäre, einige vernünftige Worte sprechen.

Poesie

Lebendiges Gefühl der Zustände und Fähigkeit, es auszudrücken, macht den Poeten.

Poesie ist, rein und echt betrachtet, weder Rede noch Kunst; keine *Rede*, weil sie zu ihrer Vollendung Takt, Gesang, Körperbewegung und Mimik bedarf; sie ist keine *Kunst*, weil alles auf dem Naturell beruht, welches zwar geregelt, aber nicht künstlerisch geängstigt werden darf; auch bleibt sie immer wahrhafter Ausdruck eines aufgeregten, erhöhten Geistes, ohne Ziel und Zweck.

Die Redekunst aber, im eigentlichen Sinne, ist eine Rede und eine Kunst; sie beruht auf einer deutlichen, mäßig leidenschaftlichen *Rede*, und ist *Kunst* in jedem Sinne. Sie verfolgt ihre Zwecke und ist Verstellung vom Anfang bis zum Ende.

Die wahre Poesie kündet sich dadurch an, daß sie, als ein weltliches Evangelium, durch innere Heiterkeit, durch äußeres Behagen, uns von den irdischen Lasten zu befreien weiß, die auf uns drücken. Wie ein Luftballon hebt sie uns mit dem Ballast, der uns anhängt, in höhere Regionen und läßt die verwirrten Irrgänge der

Erde in Vogelperspektive vor uns entwickelt da liegen. Die muntersten wie die ernstesten Werke haben den gleichen Zweck, durch eine glückliche geistreiche Darstellung so Lust als Schmerz zu mäßigen.

Der Dichter steht viel zu hoch, als daß er Partei machen sollte.

Heiterkeit und Bewußtsein sind die schönen Gaben, für die er dem Schöpfer dankt.

Bewußtsein, daß er vor dem Furchtbaren nicht erschrecke, Heiterkeit, daß er alles erfreulich darzustellen wisse.

Die Besonnenheit des Dichters bezieht sich eigentlich auf die Form, den Stoff gibt ihm die Welt nur allzu freigebig, der Gehalt entspringt freiwillig aus der Fülle seines Innern; bewußtlos begegnen beide einander und zuletzt weiß man nicht, wem eigentlich der Reichtum angehört.

Aber die Form, ob sie schon vorzüglich im Genie liegt, will erkannt, will bedacht sein, und hier wird Besonnenheit gefordert, daß Form, Stoff und Gehalt sich zueinander schicken, sich einander durchdringen.

Die Einbildungskraft ist ein schönes Vermögen, nur mag ich nicht gern, wenn sie das, was wirklich geschehen ist, verarbeiten will; die luftigen Gestalten, die sie erschafft, sind uns als Wesen einer eigenen Gattung sehr willkommen; verbunden mit der Wahrheit bringt sie meist nur Ungeheuer hervor und scheint mir alsdann gewöhnlich mit dem Verstand und der Vernunft im Widerspruch zu stehen. Sie muß sich, deucht mich, an keinen Gegenstand hängen, sie muß uns keinen Gegenstand aufdringen wollen, sie soll, wenn sie Kunstwerke hervorbringt, nur wie eine Musik auf uns selbst spielen, uns in uns selbst bewegen, und zwar so, daß wir vergessen, daß etwas außer uns sei, das diese Bewegung hervorbringt.

Die Einbildungskraft in ihrer ausgedehnten Beweglichkeit scheint zwar kein Gesetz zu haben, vielmehr wie ein wacher Traum hin und her zu schwanken; aber genau besehen, wird sie auf mannigfaltige Weise geregelt: durch Gefühl, durch sittliche Forderungen, durch Bedürfnis des Hörers, am glücklichsten aber durch Geschmack, wobei die Vernunft ihre edlen Gerechtsame leitend ausübt.

Der Humor ist eins der Elemente des Genies, aber sobald er vorwaltet, nur ein Surrogat desselben; er begleitet die abnehmende Kunst, zerstört, vernichtet sie zuletzt.

Jede Nationaldichtung muß schal sein oder schal werden, die nicht auf dem Menschlichsten ruht, auf den Ereignissen der Völker und ihrer Hirten, wenn beide für einen Mann stehen. Könige sind darzustellen in Krieg und Gefahr, wo sie eben dadurch als die Ersten erscheinen, weil sie das Schicksal des Allerletzten bestimmen und teilen, und dadurch viel interessanter werden als die Götter selbst, die, wenn sie Schicksale bestimmt haben, sich der Teilnahme derselben entziehen. In diesem Sinne muß jede Nation, wenn sie irgend etwas gelten will, eine Epopöe besitzen, wozu nicht gerade die epische Form nötig ist.

Übersetzer sind als geschäftige Kuppler anzusehen, die uns eine halbverschleierte Schöne als höchst liebenswürdig anpreisen, sie erregen eine unwiderstehliche Neigung nach dem Original.

Es gibt dreierlei Arten Übersetzung. Die erste macht uns in unserm eigenen Sinne mit dem Auslande bekannt, eine schlichtprosaische ist hiezu die beste. Denn indem die Prosa alle Eigentümlichkeiten einer jeden Dichtung völlig aufhebt und selbst den poetischen Enthusiasmus auf eine allgemeine Wasserebene niederzieht, so leistet sie für den Anfang den größten Dienst, weil sie uns mit dem fremden Vortrefflichen, mitten in unserer nationalen Häuslichkeit, in unserem gemeinen Leben überrascht, und ohne daß wir wissen, wie uns geschieht, eine höhere Stimmung verleihend, wahrhaft erbaut. Eine solche Wirkung wird Luthers Bibelübersetzung jederzeit hervorbringen.

Die Gegenstände der Erzählungen sind ganz frei, aber man lasse uns wenigstens an der Form sehen, daß wir in guter Gesellschaft sind. Man gebe eine Geschichte von wenig Personen und Begebenheiten, die gut erfunden und gedacht ist, wahr, natürlich und nicht gemein, so viel Handlung als unentbehrlich und so viel Gesinnung als nötig; die nicht still steht, sich nicht auf einem Flecke zu langsam bewegt, sich aber auch nicht übereilt; in der die Menschen erscheinen, wie man sie gern mag, nicht vollkommen, aber gut, nicht außerordentlich, aber interessant und liebenswürdig. Die Geschichte sei unterhaltend, solange wir sie hören, befriedigend, wenn sie zu Ende ist, und hinterlasse uns einen stillen Reiz, weiter nachzudenken.

Nur diejenige Erzählung verdient moralisch genannt zu werden, die uns zeigt, daß der Mensch in sich eine Kraft habe, aus Überzeugung eines Besseren selbst gegen seine Neigung zu handeln.

Historische Stoffe sind mit der Wahrheit ihrer Details dem dramatischen Dichter das größte Hindernis. Das einzelne Schöne, historisch Wahre macht einen Teil eines ungeheuren Ganzen, zu dem es völlig proportioniert ist. Das historisch Wahre in einem beschränkten Gedicht läßt sich nur durch große Kraft des Genies und Talents dergestalt beherrschen und bearbeiten, daß es nicht dem engeren Ganzen, das in seiner Sphäre eine ganz andere Art von Anähnlichung verlangt, als störend erscheine.

Der rohe Mensch ist zufrieden, wenn er nur etwas vorgehen sieht; der gebildete will empfinden, und Nachdenken ist nur dem ganz ausgebildeten angenehm.

Die eigentliche Kraft und Wirksamkeit der Poesie sowie der bildenden Kunst liegt darin, daß sie Hauptfiguren schafft, und alles, was diese umgibt, selbst das Würdigste, untergeordnet darstellt. Hierdurch lockt sie den Blick auf die Mitte, woher sich die Strahlen über das Ganze verbreiten, und so bewährt sich Glück und Weisheit der Erfindung sowie der Komposition einer wahren alleinigen Dichtung.

Die Geschichte dagegen handelt ganz anders. Von ihr erwartet man Gerechtigkeit; sie darf, ja sie soll den Glanz des Vorfechters eher dämpfen als erhöhen. Deshalb verteilt sie Licht und Schatten über alle; selbst den Geringsten unter den Mitwirkenden zieht sie hervor, damit auch ihm seine gebührende Portion des Ruhms zugemessen werde.

Fordert man aber aus mißverstandener Wahrheitsliebe von der Poesie, daß sie gerecht sein solle, so zerstört man sie alsobald.

Geschichte

Wenn der Mensch daran denken soll, von Ereignissen, die ihn zunächst betreffen, künftigen Geschlechtern Nachricht zu hinterlassen, so gehört dazu ein gewisses Behagen an der Gegenwart, ein Gefühl von dem hohen Werte derselben. Zuerst also befestigt er im Gedächtnis, was er von Vätern vernommen, und überliefert solches in fabelhaften Umhüllungen; denn mündliche Überlieferung wird immer märchenhaft wachsen. Ist aber die Schrift erfunden, ergreift die Schreibseligkeit ein Volk vor dem anderen, so entstehen alsdann Chroniken, welche den poetischen Rhythmus behalten, wenn die Poesie der Einbildungskraft und des Gefühls längst verschwunden ist. Die späteste Zeit versorgt uns mit Denkschriften, Selbstbiographien unter mancherlei Gestalten.

Es entsteht ein eigenes, allgemeines Behagen, wenn man einer Nation ihre Geschichte auf eine geistreiche Weise wieder zur Erinnerung bringt; sie erfreut sich der Tugenden ihrer Vorfahren und belächelt die Mängel derselben, welche sie längst überwunden zu haben glaubt.

Es gibt zweierlei Arten, die Geschichte zu schreiben, eine für die Wissenden, die andere für die Nichtwissenden. Bei der ersten setzt man voraus, daß dem Leser das Einzelne bis zum Überdruß bekannt sei. Man denkt nur darauf, ihn auf eine geistreiche Weise, durch Zusammenstellungen und Andeutungen, an das zu erinnern, was er weiß, und ihm für das zerstreut Bekannte eine große Einheit der Ansicht zu überliefern oder einzuprägen; die andere Art ist die, wo wir selbst bei der Absicht eine große Einheit darzustellen, auch das Einzelne unnachläßlich zu überliefern verpflichtet sind.

Man mag sich die Bildung und Wirkung der Menschen unter welchen Bedingungen man will denken, so schwanken beide durch Zeiten und Länder, durch Einzelheiten und Massen, die proportionierlich und unporportionierlich aufeinander wirken; und hier liegt das Inkalkulable, das Inkommensurable der Weltgeschichte. Gesetz und Zufall greifen ineinander, der betrachtende Mensch aber kommt oft in den Fall, beide miteinander zu verwechseln, wie sich besonders an parteiischen Historikern bemerken läßt, die zwar meistens unbewußt, aber doch künstlich genug, sich eben dieser Unsicherheit zu ihrem Vorteil bedienen.

Es gibt bedeutende Zeiten, von denen wir wenig wissen. Zustände, deren Wichtigkeit uns nur durch ihre Folgen deutlich wird. Diejenige Zeit, welche der Same unter der Erde zubringt, gehört vorzüglich mit zum Pflanzenleben.

Es gibt auffallende Zeiten, von denen uns Weniges, aber höchst Merkwürdiges bekannt ist. Hier treten außerordentliche Individuen hervor. Es ereignen sich seltsame Begebenheiten. Solche Epochen geben einen entschiedenen Eindruck, sie erregen große Bilder, die uns durch ihr Einfaches anziehen.

Die historischen Zeiten erscheinen uns im vollen Tag. Man sieht vor lauter Licht keinen Schatten, vor lauter Hellung keinen Körper, den Wald nicht vor Bäumen; die Menschheit nicht vor Menschen; aber es sieht aus, als wenn jedermann und allen Recht geschähe, und so ist man zufrieden.

Die Existenz irgendeines Wesens erscheint uns ja nur, insofern wir uns desselben bewußt werden. Daher sind wir ungerecht gegen die stillen dunklen Zeiten, in denen der Mensch, unbekannt mit sich selbst, aus innerem starken Antrieb tätig war, trefflich vor sich hin wirkte und kein anderes Dokument seines Daseins zurückließ als eben die Wirkung, welche höher zu schätzen wäre als alle Nachrichten.

Höchst reizend ist für den Geschichtsforscher der Punkt, wo Geschichte und Sage zusammengrenzen. Es ist meistens der schönste der ganzen Überlieferung.

Wenn wir uns aus dem bekannten Gewordenen das unbekannte Werden aufzubauen genötigt finden, so erregt es eben die angenehme Empfindung, als wenn wir eine uns bisher unbekannte, gebildete Person kennenlernen und die Geschichte ihrer Bildung lieber herausahnen als herausforschen.

Welche Regierung die beste sei? Diejenige, die uns lehrt, uns selbst zu regieren.

Außerordentliche Menschen, als große Naturerscheinungen, bleiben dem Patriotismus eines jeden Volkes immer heilig. Ob solche Phänomene genutzt oder geschadet, kommt nicht in Betracht. Jeder wackere Schwede verehrt Carl XII., den schädlichsten seiner Könige. So scheint auch den Griechen das Andenken seiner Helena entzückt zu haben. Und wenngleich hie und da ein billiger Unwille über das Unsittliche ihres Wandels entgegengesetzte Fabeln erdichtete, sie von ihrem Gemahl übel behandeln, sie sogar den Tod verworfener Verbrecher leiden ließ, so finden wir sie doch schon im Homer als behagliche Hausfrau wieder; ein Dichter, Stesichorus, wird mit Blindheit gestraft, weil er sie unwürdig dargestellt; und so verdiente, nach vieljähriger Kontroverse, Euripides gewiß den Dank aller Griechen, wenn er sie als gerechtfertigt, ja sogar als völlig unschuldig, darstellte und so die unerläßliche Forderung des gebildeten Menschen, Schönheit und Sittlichkeit im Einklange zu sehen, befriedigte.

In jedem Jahrhundert, ja in jedem Jahrzehnt werden tüchtige Entdeckungen gemacht, geschehen unerwartete Begebenheiten, treten vorzügliche Menschen auf, welche neue Ansichten verbreiten. Weil aber solche Ereignisse sich gewöhnlich nur auf partielle Gegenstände beziehen, so wird die ganze Masse der Menschen und ihre Aufmerksamkeit dahin geleitet. Dergleichen mehr oder weniger ausschließliche Beschäftigungen ziehen ein solches Zeitalter von allem übrigen ab, so daß man weder an das Wichtige denkt, was schon dagewesen, noch an das, was noch zu tun sei, bis denn endlich das begünstigte Partikulare genügsam durchgearbeitet in den allgemeinen Kreis des Bekannten mit eintritt und nunmehr still fortwirkt, ohne ein besonderes lebhaftes Interesse weiter zu erregen.

Bisher glaubte die Welt an den Heldensinn einer Lukretia, eines Scävola und ließ sich dadurch erwärmen und begeistern. Jetzt kommt die Kritik und sagt, daß das Fabeln sind, die der große Sinn der Römer erdichtete. Was sollen wir aber mit einer so ärmlichen Wahrheit! und wenn die Römer groß genug waren, so etwas zu erdichten, so sollten wir wenigstens groß genug sein, daran zu glauben.

Man hat oft gesagt, und mit Recht: der Unglaube sei ein umgekehrter Aberglaube und an dem letzten möchte gerade unsere Zeit vorzüglich leiden. Eine edle Tat wird dem Eigennutz, eine heroische Handlung der Eitelkeit, das unleugbare poetische Produkt einem fieberhaften Zustand zugeschrieben; ja, was noch wunderlicher ist, das Allervorzüglichste, was hervortritt, das Allermerkwürdigste, was begegnet, wird so lange, als nur möglich ist, verneint.

Dieser Wahnsinn unserer Zeit ist auf alle Fälle schlimmer, als wenn man das Außerordentliche, weil es nun einmal geschah, gezwungen zugab und es dem Teufel zuschrieb. Der Aberglaube ist ein Erbteil energischer, großtätiger, fortschreitender Naturen; der Unglaube das Eigentum schwacher, kleingesinnter, zurückschreitender, auf sich selbst beschränkter Menschen. Jene lieben das Erstaunen, weil das Gefühl des Erhabenen dadurch in ihnen erregt wird, dessen ihre Seele fähig ist, und da dies nicht ohne eine gewisse Apprehension geschieht, so spiegelt sich ihnen leicht dabei ein böses Prinzip vor. Eine unmächtige Generation aber wird durchs Erhabene zerstört, und da man niemand zumuten kann, sich willig zerstören zu lassen, so haben sie völlig das Recht, das Große und Übergroße, wenn es neben ihnen wirkt, so lange zu leugnen, bis es historisch wird, da es denn aus gehöriger Entfernung in gedämpftem Glanze leidlicher anzuschauen sein mag.

Wenn der denkende Geschichtsforscher mit Betrübnis bemerken muß, daß Wahrheit so wenig als Glück einen dauerhaften Sitz auf der Erde gewinnen können, da dieses mit manchem Unheil, jene mit manchem Irrtum beständig abzuwechseln hat, so ist es ihm desto erfreulicher zu sehen, wenn die Wahrheit auch in Zeiten, wo sie nicht durchdringen kann, nur gleichsam eine Protestation einlegt, um ihre Rechte, wo nicht zu behaupten, doch zu verwahren.

Alles Große und Gescheite existiert in der Minorität. Es hat Minister gegeben, die Volk und König gegen sich hatten und ihre großen Pläne einsam durchführten. Es ist nie daran zu denken, daß die Vernunft populär werde. Leidenschaften und Gefühle mögen es werden.

Nur müßte man niemals griesgrämig, wie es würdige Historiker neuerer Zeit getan haben, auf Dichter und Chronisten herabsehen.

Philosophie

Philosophie, wenn sie fürs Leben Bedeutsamkeit gewinnen will, muß geliebt und gelebt werden.

Gehalt ohne Methode führt zur Schwärmerei; Methode ohne Gehalt zum leeren Klügeln; Stoff ohne Form zum beschwerlichen Wissen; Form ohne Stoff zu einem hohlen Wähnen.

Die Wahrheit widerspricht unserer Natur, der Irrtum nicht, und zwar aus einem sehr einfachen Grunde; die Wahrheit fordert, daß wir uns für beschränkt erkennen sollen, der Irrtum schmeichelt uns, wir seien auf eine oder die andere Weise unbegrenzt.

Eine Wissenschaft ist wie jede menschliche Anstalt und Einrichtung eine ungeheure Kontignation von Wahrem und Falschem, von Freiwilligem und Notwendigem, von Gesundem und Krankhaftem; alles, was wir täglich gewahr werden, dürfen wir am Ende doch nur als Symptome ansehen, die, wenn wir uns wahrhaft ausbilden wollen, auf ihre physiologischen und pathologischen Prinzipe zurückzuführen sind.

Es bleibt entschieden wahr: was ich recht weiß, weiß ich eigentlich nur mir selbst; wie ich damit hervortrete, rückt mir sogleich Bedingung, Widerspruch, Verwirrung auf den Hals. Das Sicherste bleibt: daß wir alles, was in und an uns ist, in Tat zu verwandeln suchen; darüber mögen denn die anderen, wie sie wollen und können, reden und verhandeln.

Wer dem Gange einer höhern Erkenntnis und Einsicht treulich folgt, wird zu bemerken haben, daß Erfahrung und Wissen fortschreiten und sich bereichern können, daß jedoch das Denken und die eigentliche Einsicht keineswegs in gleichem Maße vollkommener wird, und zwar aus der ganz natürlichen Ursache, weil das Wissen unendlich und jedem neugierig Umherstehenden zugänglich, das Überlegen, Denken und Verknüpfen aber innerhalb eines gewissen Kreises der menschlichen Fähigkeiten eingeschlossen ist, dergestalt, daß das Erkennen der vorliegenden Weltgegenstände vom Fixstern bis zum kleinsten lebendigen Lebepunkt immer deutlicher und ausführlicher werden kann; die wahre Einsicht in die wahre Natur dieser Dinge jedoch in sich selbst gehindert ist und dieses in dem Grade, daß nicht allein die Individuen, sondern ganze Jahrtausende vom Irrtum zur Wahrheit, von der Wahrheit zum Irrtum sich in einem ständigen Kreise bewegen.

Des Denkers einziges Besitztum sind die Gedanken, die aus ihm selbst entspringen; und wie ein jedes Aperçu, was uns angehört, in unserer Natur ein besonderes Wohlbefinden verbreitet, so ist auch der Wunsch ganz natürlich, daß es andere als das unserige anerkennen, indem wir dadurch erst etwas zu werden scheinen. Daher werden die Streitigkeiten über die Priorität einer Entdeckung so lebhaft; recht genau besehen, sind es Streitigkeiten um die Existenz selbst.

Jeder Mensch muß nach seiner Weise denken, denn er findet auf seinem Wege immer ein Wahres oder eine Art von Wahrem, die ihm durchs Leben hilft; nur darf er sich nicht gehen lassen; er muß sich kontrollieren; der bloße nackte Instinkt geziemt nicht dem Menschen.

Wie müßten wir verzweifeln, das Äußere so kalt, so leblos zu erblicken, wenn nicht in unserem Innern sich etwas entwickelte, das auf eine ganz andere Weise die Natur verherrlicht, indem es uns selbst in ihr zu verschönern eine schöpferische Kraft erweist.

Es waren einmal einige Vögel in einer weitläufigen Volière. Ein Buchfink sagte zu seinem Nachbar Zeisig, der von einem Bäumchen zum andern munter herumflatterte: Weißt du denn, mein Freund, daß wir in einem Käfig stecken? Was Käfig, sagte der Zeisig, siehe nur, wie wir herumfliegen! Dort ist ein Käfig, wo der Kanarienvogel sitzt. – Aber ich sage dir, wir sind auch im Käfig. Siehst du dort nicht das Gegitter von Draht? – Das ist dort, aber siehe, so weit ich auf allen Seiten sehen kann, steht kein's! – Du kannst die Seiten nicht alle übersehen. – Das kannst du auch nicht! – Aber denke nur, fuhr der Buchfinke fort, bringt uns nicht unser Herr alle Morgen dort in dem Trog Wasser, streut er uns nicht hier auf die Ecke Samenkörner; würde er das tun, wenn er nicht wüßte, daß wir eingeschlossen sind und nicht davonfliegen können? – Aber, sagte immer der Zeisig, ich kann ja freilich davonfliegen! – So stritten sie noch lange; bis endlich der Kanarienvogel aus seiner Ecke rief: Kinder, wenn ihr streiten müßt, ob ihr im Käfig seid oder nicht, so ist's so gut, als wäret ihr nicht darinnen.

Seitdem uns ein alter Philosoph diese Fabel gelehrt hat, seitdem haben wir allen Streit über Freiheit aufgegeben.

Man soll ein Unerforschliches voraussetzen und zugeben, alsdann aber dem Forscher selbst keine Grenzlinie ziehen. Muß ich mich denn nicht selbst zugeben und voraussetzen, ohne jemals zu wissen, wie es eigentlich mit mir beschaffen sei; studiere ich auch nicht immerfort, ohne mich jemals zu begreifen, mich und andere? und doch kommt man fröhlich immer weiter und weiter.

Wer sich mit irgendeiner Kenntnis abgibt, soll nach dem Höchsten streben. Es ist mit der Einsicht viel anders als mit der Ausübung, denn im Praktischen muß sich jeder bald bescheiden, daß ihm nur ein gewisses Maß von Kräften zugeteilt sei; zur Kenntnis, zur Einsicht aber sind weit mehrere Menschen fähig, ja man kann wohl sagen, ein jeder, der sich selbst verleugnen, sich den Gegenständen unterordnen kann, der nicht mit einem starren beschränkten Eigensinn sich und seine kleinliche Einseitigkeit in die höchsten Werke der Natur und Kunst überzutragen strebt.

Eine jede Theorie, sie sei von welcher Art sie wolle, setzt eine Unterlage voraus, irgend etwas in der Erfahrung Gegebenes, welches man sich so gut als möglich zurechtlegen möchte. Von Aristoteles bis auf Kant muß man erst wissen, was diesen außerordentlichen Menschen zu schaffen machte, ehe man nur einigermaßen begreift, warum sie sich so viel Mühe gegeben.

Man sagt von dem menschlichen Herzen, es sei ein trotzig und verzagtes Wesen. Von dem menschlichen Geiste darf man wohl ähnliches prädizieren. Er ist ungeduldig und anmaßlich und zugleich unsicher und zaghaft. Er strebt nach Erfahrung und in ihr nach einer erweiterten reineren Tätigkeit, und dann bebt er wieder davor zurück, und zwar nicht mit Unrecht. Wie er vorschreitet, fühlt er immer mehr, wie er bedingt sei, daß er verlieren müsse, indem er gewinnt; denn ans Wahre wie ans Falsche sind notwendige Bedingungen des Daseins gebunden.

Die Geschichte der Philosophie, der Wissenschaften, der Religion, alles zeigt, daß die Meinungen massenweise sich verbreiten, immer aber diejenige den Vorrang gewinnt, welche faßlicher, d.h. dem menschlichen Geiste in seinem gemeinen Zustande gemäß und bequem ist. Ja derjenige, der sich in höherem Sinne ausgebildet, kann immer voraussetzen, daß er die Majorität gegen sich habe.

Wer streiten will, muß sich hüten, bei dieser Gelegenheit Sachen zu sagen, die ihm niemand streitig macht.

Wer Maximen bestreiten will, sollte fähig sein, sie recht klar aufzustellen und innerhalb dieser Klarheit zu kämpfen, damit er nicht in den Fall gerate, mit selbstgeschaffenen Luftbildern zu fechten.

Die Dunkelheit gewisser Maximen ist nur relativ. Nicht alles ist dem Hörenden deutlich zu machen, was dem Ausübenden einleuchtet.

Das Wahre ist eine Fackel, aber eine ungeheure; deswegen suchen wir alle nur blinzelnd so daran vorbeizukommen, in Furcht, sogar uns zu verbrennen.

Es ist so gewiß als wunderbar, daß Wahrheit und Irrtum aus *einer* Quelle entstehen; deswegen man oft dem Irrtum nicht schaden darf, weil man zugleich der Wahrheit schadet.

Der Irrtum verhält sich gegen das Wahre wie der Schlaf gegen das Wachen; ich habe bemerkt, daß man aus dem Irren sich wie erquickt wieder zu dem Wahren hinwendet.

Jedes Wissen fordert ein zweites, ein drittes und immer so fort; wir vermögen den Baum in seinen Wurzeln oder in seinen Ästen und Zweigen zu verfolgen; eins ergibt sich immer aus dem andern, und je lebendiger irgendein Wissen in uns wird, desto mehr sehen wir uns getrieben, es in seinem Zusammenhang aufwärts und abwärts zu verfolgen.

Denken und Tun, Tun und Denken, das ist die Summe aller Weisheit, von jeher anerkannt, von jeher geübt, nicht eingesehen von einem jeden. Beides muß wie Aus- und Einatmen sich im Leben ewig fort hin und wider bewegen; wie Frage und Antwort sollte eines oder das andere nicht stattfinden. Wer sich zum Gesetz macht, was einem jeden Neugeborenen der Genius des Menschenverstandes heimlich ins Ohr flüstert, das Tun am Denken, das Denken am Tun zu prüfen, der kann nicht irren, und irrt er, so wird er sich bald auf den rechten Weg zurückfinden.

Alles Gescheite ist schon gedacht worden, man muß nur versuchen, es noch einmal zu denken.

Wie kann man sich selbst kennenlernen? Durch Betrachten niemals, wohl aber durch Handeln. Versuche deine Pflicht zu tun, und du weißt gleich, was an dir ist.

Die Natur hat immer recht, und die Fehler und Irrtümer sind immer des Menschen ...

Schlußbemerkung

Wenn überhaupt jemand es wagen durfte, dem unerschöpflichen Born der Weisheit Goethes nach eigenem Ermessen »Gedanken, Maximen und Aussprüche« zu entnehmen, um solcherart »ein verjüngtes Bild von des Dichters ganzem Leben, Denken und Wollen darzustellen«, dann war *Ernst Freiherr von Feuchtersleben* (1806–1849) dazu berufen.

Nun ist er, der Wiener Arzt und Dichterphilosoph, auch schon seit hundert Jahren tot, aber unvergeßlich blieb bis heute sein Hauptwerk »Die Diätetik der Seele«, das trotz seinem spröden und gelehrten Titel eine für die damaligen Zeitumstände ganz ungewöhnliche Verbreitung fand. Hunderttausende lasen darin, denn von diesem erstaunlichen Buch ging eine merkwürdige Anziehungskraft, eine wundersame Heilwirkung aus. Im Gegensatz zu des berühmten Hufeland »Makrobiotik«, der Kunst, sein Leben zu verlängern, zeigt Feuchtersleben, wie der Mensch von der Seele aus gesund werden und gesund bleiben könne: »Aus dem Leben – zum Leben! Gebt dem Geiste seine Kraft, und tausend Krankheiten sind gelöscht...«

Es ging Feuchtersleben darum, das Dasein des trüben Alltags nach den Akkorden des Wahren, Guten und Schönen zu stimmen und jene Harmonie des Lebens zu erreichen, wie sie uns aus Goethes Welt so glückbringend entgegenströmt. Was lag demnach näher, als daß er, der praktische Arzt, sich aus der fast unübersehbaren Schatzkammer des Olympiers jene Arzneien holte, die er zur Durchführung seiner Diätetik brauchte? Solchen Erwägungen gemäß mag wohl unsere Goethe-Anthologie entstanden sein. Nach ihrem Abschluß bildete sie den Kristallisationspunkt für Versuche ähnlicher Art und ergab schließlich unter dem Gesamttitel »Geist deutscher Klassiker« eine »Blumenlese« all des Begehrenswertesten, was die deutsche Literatur ihrer Zeit zu bieten hatte. Im Mittelpunkt all dieser Zitate leuchtete aber nach wie vor die Zentralsonne Goethe.

Seiner vollen Verantwortung bewußt, ging Feuchtersleben an sein Werk. Zu seiner Rechtfertigung sagt er ausdrücklich:

»...Die Masse der Bücher schwillt täglich mehr an; das Vortreffliche ist in Gefahr, sich im Meer des Mittelmäßigen zu verlieren, – und es wird nicht nur Verdienst, sondern ernste Pflicht, es seinem besten Teile nach auszusondern und aufzubewahren... Es wurde absichtlich nur Prosa gewählt, erstens um Gleichförmigkeit zu beobachten, zweitens weil poetische Stellen teils mehr Ausdruck des momentanen Gefühles als der bleibenden Überzeugung, teils drittens (z.B. in Dramen) nur bestimmten Individuen in den Mund gelegt sind, also nicht die Ansicht des

Dichters repräsentieren. Eine Rücksicht, gegen die oft gefehlt wird ...«

Im Jahre 1866 hatten die zwei inhaltsschweren Bändchen »Geist deutscher Klassiker«, die in Hartlebens Verlags-Expedition (Wien und Leipzig) erschienen waren, bereits ihre dritte Auflage erzielt. Friedrich Hebbel schätzte diese köstliche Auswahl sehr und in Grillparzers Bibliothek nahm sie einen Ehrenplatz ein.

Weil ein eigenartiges Geschick es so gefügt, daß Feuchterslebens Todestag in jenes Jahr fiel, in welchem die ganze gesittete Menschheit die hundertste Wiederkehr von Goethes Geburtstag feierte – rundet sich für uns ein doppelter Kreis: wir gedenken zu gleicher Zeit des Dichters Goethe und des Philosophen Feuchtersleben.

Hans Tabarelli

Inhalt

Johann Wolfgang Goethe im Diogenes Verlag

»Goethe ist unerschöpflich. Er kann nicht klassifiziert werden, weder als Dichter noch als Naturforscher, noch als Künstler, noch als Schriftsteller, weder als Verwaltungsbeamter noch als Hofmann, noch als Politiker. Er war alles und noch mehr.« *Karl Jaspers*

»Goethe zum Beispiel hat in allen Formen und Gattungen der Poesie Kunstwerke produziert.«
Georg Wilhelm Friedrich Hegel

Faust
Der Tragödie erster und zweiter Teil
Herausgegeben von
Ernst Merian-Genast
Mit einem Nachwort von
Thomas Mann

Die Leiden des jungen Werther
Roman. Mit einem Kommentar
des Autors aus dem Jahre 1814

Die Wahlverwandtschaften
Roman. Mit einem Nachwort von
Reinhard Baumgart

Die schönsten Gedichte
Ausgewählt von Franz Sutter

Denken mit
Johann Wolfgang Goethe
Herausgegeben und mit
einem Vorwort von
Ernst Freiherr von Feuchtersleben
Mit einer Schlußbemerkung
von Hans Tabarelli
(vormals: *Gedanken und Aussprüche*)

Außerdem erschienen:

Johann Wolfgang Goethe
Sein Leben erzählt von
Otto A. Böhmer

Otto A. Böhmer im Diogenes Verlag

Johann Wolfgang Goethe

Sein Leben erzählt von Otto A. Böhmer

Er gilt als Deutschlands größter Dichter: Johann Wolfgang Goethe. Es ist unglaublich viel über ihn geschrieben worden, und je mehr man über ihn geschrieben hat, desto mehr hat sich der Mensch, um den es dabei geht, seinen Bewunderern und Kritikern entzogen. Es scheint, als ob er bis auf den heutigen Tag eine Rolle spielen wollte, die er auch in seinem Leben gerne gegeben hat: sich zu wandeln, zu häuten, unkenntlich zu werden.

In diesem Buch wird das Genie von seinen verschiedenen Seiten gezeigt. Kurz, prägnant und doch reich an Fakten, Zitaten und Anekdoten – Otto A. Böhmer faßt auf unterhaltsame Weise das Wesentliche dieses langen, produktiven Lebens zusammen.

»Ein unverwechselbarer Tonfall. Böhmer schreibt äußerst einfühlsam, kenntnisreich und unterhaltend.«
Carlos Kleiber

Friedrich Schiller

Sein Leben erzählt von Otto A. Böhmer

Fragt man nach den bekanntesten deutschen Dichtern, dann nennt man ihn gleich nach Goethe; daß Schiller in der deutschen Literaturgeschichte so weit nach vorn kam, war indes lange nicht abzusehen. Anders als Goethe, der sich auf sein Glück verlassen konnte, mußte es Schiller zunächst so vorkommen, als werde er vom Schicksal stiefmütterlich behandelt. Wie Schiller gegen sein Los aufbegehrt und entgegen allen Schwierigkeiten doch zu Weltruhm kommt, das erzählt Otto A. Böhmer kenntnisreich und unterhaltsam, anhand vieler Fakten, Zitate und Anekdoten.

Heinrich Heine im Diogenes Verlag

»Den höchsten Begriff vom Lyriker hat mir Heine gegeben. Ich suche umsonst in allen Reichen der Jahrtausende nach einer gleich süßen und leidenschaftlichen Musik. Er besaß jene göttliche Bosheit, ohne die ich mir das Vollkommene nicht zu denken vermag.«
Friedrich Nietzsche

»Unter den großen Spöttern der Menschheit, den lachenden Kämpfern gegen die Anti-Humanen, von Aristophanes bis Mark Twain, ist Heine der Aktuellste.« *Hermann Kesten*

»Heinrich Heine, einer der anmutigsten, freiesten, kühnsten und künstlerischsten Geister, die Deutschland je hervorgebracht hat.« *Thomas Mann*

Reisebilder
Mit einem Nachwort von Hiltrud Häntzschel

Gedichte
Ausgewählt und eingeleitet von Ludwig Marcuse

Außerdem lieferbar:

Ludwig Marcuse
Heinrich Heine
Melancholiker, Streiter in Marx, Epikureer

»Er hatte mich und meine Freunde schon angesprochen, bevor wir auf der Welt waren, und er ist noch heute ebenso aktuell, wie er's 1840 war und 1933.«
Ludwig Marcuse

Klassiker im Diogenes Verlag

● Angelus Silesius

Der cherubinische Wandersmann. Geistreiche Sinn- und Schlußreime. Herausgegeben und mit einem Nachwort von Erich Brock

● Jane Austen

Emma. Roman. Aus dem Englischen von Horst Höckendorf. Mit einem Nachwort von Klaus Udo Szudra

Gefühl und Verstand. Roman. Deutsch von Erika Gröger

Die Abtei von Northanger. Roman. Deutsch, mit einem Nachwort und Anmerkungen von Christiane Agricola

Die Liebe der Anne Elliot oder Überredungskunst. Roman. Deutsch und mit einem Nachwort von Gisela Reichel

● Honoré de Balzac

Zwei Frauen. Roman. Aus dem Französischen von Gabrielle Betz

Die Frau von dreißig Jahren. Roman. Deutsch von Erich Noether. Mit einem Nachwort von Eugen Lerch

Vater Goriot. Roman. Deutsch von Rosa Schapire. Mit einem Nachwort von W. Somerset Maugham

Junggesellenwirtschaft. Roman. Deutsch von Franz Hessel

Verlorene Illusionen. Roman. Deutsch von Otto Flake. Mit einem Nachwort von Hans-Jörg Neuschäfer

Tante Lisbeth. Roman. Deutsch von Paul Zech

Vetter Pons. Roman. Deutsch von Otto Flake

Eine dunkle Geschichte. Roman. Deutsch von Friedrich von Oppeln-Bronikowski und Frieda von Oppeln

Tolldreiste Geschichten. Deutsch und mit einem Nachwort von Herbert Kühn. Mit Bildern von Gustave Doré

Geliebtes Leben. Herausgegeben von Werner Fuchs-Hartmann

Mystische Geschichten. Deutsch von Franz Hessel, Else von Hollander und Emmi Hirschberg. Mit einem Nachwort von Wilhelm Dilthey

Das Mädchen mit den Goldaugen. Erzählung. Deutsch von Victor von Koczian. Mit einem Nachwort von Stefan Zweig

Oberst Chabert. Erzählung. Deutsch von Ernst Weiss

Balzac – Leben und Werk. Zeugnisse und Aufsätze von Victor Hugo bis Georges Simenon. Mit einem Repertorium der wichtigsten Romanfiguren, Chronik und Bibliographie. Herausgegeben von Claudia Schmölders

● Charles Baudelaire

Die Tänzerin Fanfarlo und *Der Spleen von Paris.* Prosadichtungen. Aus dem Französischen von Walther Küchler

Die Blumen des Bösen. Gedichtzyklus. Deutsch von Terese Robinson. Nachwort von Hans H. Henschen

● Ludwig van Beethoven

Briefe. Herausgegeben von Erich Valentin

● Ambrose Bierce

Meistererzählungen. Auswahl und Vorwort von Mary Hottinger. Aus dem Amerikanischen von Joachim Uhlmann. Mit Zeichnungen von Tomi Ungerer (vorm.: *Die Spottdrossel*)

● Giovanni Boccaccio

Meistererzählungen aus dem Decamerone. Aus dem Italienischen von Heinrich Conrad. Ausgewählt von Silvia Sager

● Ulrich Bräker

Der arme Mann im Tockenburg. Lebensgeschichte und Natürliche Ebentheuer des armen Mannes im Tockenburg. Herausgegeben von Samuel Voellmy. Mit einem Vorwort von Hans Mayer

● Charlotte Brontë

Jane Eyre. Eine Autobiographie. Roman. Aus dem Englischen von Bernhard Schindler. Mit einem Essay von Klaus Mann

● Emily Brontë

Sturmhöhe. Aus dem Englischen von Gladys von Sondheimer

● Charles Brockden Brown

Arthur Mervyn oder Die Pest in Philadelphia. Herausgegeben und mit einem Nachwort versehen von Frederik Burwick

● Georg Büchner

Werke und Briefe. Dantons Tod / Lenz / Leonce und Lena / Woyzeck / Über Schädelnerven / Briefe. Herausgegeben und mit einem Vorwort von Franz Josef Görtz. Mit einem Nachwort von Friedrich Dürrenmatt

● Wilhelm Busch

Max und Moritz. Eine Bubengeschichte in sieben Streichen. Mit einem Nachwort von Dr.

Friedrich Bohne. Als Vorlage diente ein ausgesuchter handkolorierter Frühdruck
Gedichte
Die fromme Helene
Tobias Knopp. Trilogie
Hans Huckebein/Fipps der Affe/Plisch und Plum
Eduards Traum / Der Schmetterling

● Anton Čechov

Das dramatische Werk in 8 Bänden. Neu übersetzt, transkribiert und herausgegeben von Peter Urban. Jeder Band bringt den unzensurierten Text mit sämtlichen Varianten und Lesarten, Auszüge aus Čechovs Notizbüchern, Anmerkungen und einen editorischen Bericht
Der Kirschgarten. Komödie in vier Akten
Der Waldschrat. Komödie in vier Akten
Die Möwe. Komödie in vier Akten
Onkel Vanja. Szenen aus dem Landleben in vier Akten
Ivanov. Drama in vier Akten
Drei Schwestern. Drama in vier Akten
Die Vaterlosen (vorm.: *Platonov*). Übersetzt, herausgegeben und mit einem Anhang von Peter Urban
Sämtliche Einakter

Das erzählerische Werk in 10 Bänden. Aus dem Russischen von Gerhard Dick, Wolf Düwel, Ada Knipper, Hertha von Schulz, Michael Pfeiffer und Georg Schwarz. Gesamtredaktion, Anmerkungen und Nachweise von Peter Urban
Ein unbedeutender Mensch. Erzählungen 1883–1885
Gespräch eines Betrunkenen mit einem nüchternen Teufel. Erzählungen 1886
Die Steppe. Erzählungen 1887–1888
Flattergeist. Erzählungen 1888–1892
Rothschilds Geige. Erzählungen 1893–1896
Die Dame mit dem Hündchen
Erzählungen 1897–1903
Eine langweilige Geschichte / Das Duell. Kleine Romane I
Krankenzimmer Nr. 6 / Erzählung eines Unbekannten. Kleine Romane II
Drei Jahre / Mein Leben. Kleine Romane III
Die Insel Sachalin. Reisebericht

Ein unnötiger Sieg. Frühe Novellen und Kleine Romane. Deutsch von Beate Rausch und Peter Urban. Herausgegeben, mit Anmerkungen und einem Nachwort von Peter Urban
Das Drama auf der Jagd. Eine wahre Begebenheit. Roman. Übersetzt von Peter Urban
Meistererzählungen. Ausgewählt von Franz Sutter. Deutsch von Ada Knipper, Herta von Schulz und Gerhard Dick

Gesammelte Humoresken und Satiren in zwei Bänden. Übersetzt und herausgegeben von Peter Urban
Das Leben in Fragen und Ausrufen. Humoresken und Satiren 1880–1884
Aus den Erinnerungen eines Idealisten. Humoresken und Satiren 1885–1892

Frühe Erzählungen in zwei Bänden. Übersetzt und herausgegeben von Peter Urban
Er und sie. Frühe Erzählungen 1880–1885
Ende gut. Frühe Erzählungen 1886–1887

Gesammelte Stücke. Übersetzt und herausgegeben von Peter Urban

Briefe 1877–1904 in 5 Bänden. Übersetzt und herausgegeben von Peter Urban
Čechov-Chronik. Daten zu Leben und Werk. Zusammengestellt von Peter Urban. Der Anhang bringt ein Nachwort, das Inhaltsverzeichnis der ersten russischen Gesamtausgabe und eine Bibliographie aller deutschen Übersetzungen
Anton Čechov – Sein Leben in Bildern. Herausgegeben von Peter Urban. Mit 739 Abbildungen, einem Anhang mit Daten zu Leben und Werk und einem Personenregister
Freiheit von Gewalt und Lüge. Gedanken über Aufklärung, Fortschritt, Kunst, Liebe, Müßiggang und Politik. Zusammengestellt von Peter Urban. Mit fünf Porträts und einer Selbstkarikatur von Doktor Čechov
Wie soll man leben? Anton Čechov liest Marc Aurel. Herausgegeben, deutsch und mit einem Vorwort von Peter Urban
Das Čechov Lesebuch. Herausgegeben, kommentiert und mit einem Vorwort von Peter Urban

● Miguel de Cervantes Saavedra

Leben und Taten des scharfsinnigen Edlen Don Quixote von la Mancha. Roman. Aus dem Spanischen von Ludwig Tieck. Mit einem Essay von Heinrich Heine und Illustrationen von Gustave Doré

● Choderlos de Laclos

Gefährliche Liebschaften. Roman. Aus dem Französischen von Franz Blei. Mit einem Nachwort von Renate Briesemeister

● Joseph Conrad

Lord Jim. Roman. Aus dem Englischen von Fritz Lorch. Nachwort von Otto A. Böhmer
Der Geheimagent. Eine einfache Geschichte. Deutsch von Günter Danehl
Herz der Finsternis. Erzählung. Deutsch und mit einem Nachwort von Urs Widmer

James Fenimore Cooper

Der letzte Mohikaner. Ein Bericht über das Jahr 1757. Aus dem Amerikanischen von L. Tafel

Dante Alighieri

Die göttliche Komödie. Aus dem Italienischen von Philaletes (König Johann von Sachsen). Mit einer kleinen Abhandlung zum Lobe Dantes von Giovanni Boccaccio

Daniel Defoe

Robinson Crusoe. Seine ersten Seefahrten, sein Schiffbruch und sein siebenundzwanzigjähriger Aufenthalt auf einer unbewohnten Insel. Mit einem Nachwort von Ulrich Greiner

Charles Dickens

Ausgewählte Romane und Geschichten. In der deutschen Übertragung von Gustav Meyrink

David Copperfield. Roman. Mit einem Essay von W. Somerset Maugham

Oliver Twist. Roman

Bleakhaus. Roman. Mit einem Nachwort von Hans Hennecke

Die Pickwickier. Roman. Mit einem Nachwort von Walter Kluge

Martin Chuzzlewit. Roman. Mit einem Nachwort von Jérôme von Gebsattel

John Donne

Alchimie der Liebe. Gedichte, zweisprachig. Ausgewählt, aus dem Englischen sowie mit einem Nachwort und Anmerkungen versehen von Werner von Koppenfels

Fjodor Dostojewskij

Meistererzählungen. Herausgegeben, aus dem Russischen und mit einem Nachwort von Johannes von Guenther

Joseph von Eichendorff

Aus dem Leben eines Taugenichts. Novelle. Mit einem Nachwort von Hermann Hesse

Das Marmorbild und andere Erzählungen. Mit einem Nachwort von Otto A. Böhmer (vorm.: *Meistererzählungen*)

Ralph Waldo Emerson

Natur. Aus dem Amerikanischen von Harald Kiczka. Mit dem Nachruf auf Emerson von Herman Grimm

Essays. Erste Reihe. Herausgegeben, deutsch und mit einem ausführlichen Anhang von Harald Kiczka

Von der Schönheit des Guten. Betrachtungen und Beobachtungen. Ausgewählt, übertragen und mit einem Vorwort von Egon Friedell. Nachwort von Wolfgang Lorenz

Repräsentanten der Menschheit. Sieben Essays. Deutsch von Karl Federn. Mit einem Nachwort von Egon Friedell

Erasmus von Rotterdam

Das Lob der Narrheit. Mit vielen Kupfern nach Illustrationen von Hans Holbein und einem Nachwort von Stefan Zweig

Die Klage des Friedens. Aus dem Lateinischen übersetzt, herausgegeben und mit einem Vorwort von Brigitte Hannemann

Vertrauliche Gespräche. Übersetzt, herausgegeben und mit einem Vorwort versehen von Kurt Steinmann

Gustave Flaubert

Leidenschaft und Tugend. Erste Erzählungen. Herausgegeben, aus dem Französischen übersetzt und mit einem Nachwort von Traugott König (vorm.: *Jugendwerke*)

Memoiren eines Irren. November, Erinnerungen, Aufzeichnungen und innerste Gedanken. Herausgegeben, übersetzt und mit einem Nachwort von Traugott König (vorm.: *November*)

Briefe. Herausgegeben und übersetzt von Helmut Scheffel

Die Versuchung des heiligen Antonius. Deutsch von Felix Paul Greve. Mit einem Brief von Ernest Renan, einem Essay von Paul Valéry sowie einem Glossar im Anhang

Madame Bovary. Sitten der Provinz. Roman. Deutsch von René Schickele und Irene Riesen. Mit den Rezensionen von Sainte-Beuve, Jules Barbey d'Aurevilly und Charles Baudelaire sowie einem Nachwort von Heinrich Mann

Salammbô. Roman. Deutsch von Friedrich von Oppeln-Bronikowski. Mit Rezensionen von Gautier, Berlioz und George Sand, den Verteidigungsbriefen Flauberts an Sainte-Beuve und Froehner sowie zwei Karten und einem Glossar im Anhang

Drei Geschichten. Ein schlichtes Herz/Die Legende von Sankt Julian dem Gastfreien/Herodias. Deutsch von E.W. Fischer. Mit Äußerungen von Théodore de Banville, Maxim Gorki, Marcel Schwob und Anatole France im Anhang

Bouvard und Pécuchet. Roman. Deutsch von Erich Marx. Mit Essays von Raymond Queneau, Lionel Trilling und Jorge Luis Borges sowie einem Glossar im Anhang

Reisetagebuch aus Ägypten. Deutsch von E.W. Fischer. Mit einem Nachwort von Wolfgang Koeppen
Die Erziehung des Herzens. Geschichte eines jungen Mannes. Deutsch von E.A. Rheinhardt. Mit den Rezensionen von Jules Barbey d'Aurevilly, George Sand und Émile Zola sowie einem Glossar im Anhang

• Theodor Fontane

Frau Jenny Treibel. Roman. Mit einem Nachwort von Kurt Tucholsky
Schach von Wuthenow. Erzählung. Mit einem Nachwort von Marcel Reich-Ranicki
L'Adultera. Roman. Mit einem Nachwort von Werner Weber
Stine. Roman. Mit einem Nachwort von Thomas Mann
Der Stechlin. Roman. Mit einem Nachwort von Peter Härtling
Effi Briest. Roman. Mit einem Nachwort von Max Rychner

• Johann Wolfgang Goethe

Faust. Der Tragödie erster und zweiter Teil. Herausgegeben von Ernst Merian-Genast. Mit einem Nachwort von Thomas Mann
Die Leiden des jungen Werther. Roman. Mit einem Kommentar des Autors aus dem Jahre 1814
Die Wahlverwandtschaften. Roman. Mit einem Nachwort von Reinhard Baumgart
Die schönsten Gedichte. Ausgewählt von Franz Sutter
Denken mit Johann Wolfgang Goethe. Herausgegeben und mit einem Vorwort von Ernst Freiherr von Feuchtersleben. Mit einer Schlußbemerkung von Hans Tabarelli (vorm.: *Gedanken und Aussprüche*)
Johann Wolfgang Goethe. Sein Leben erzählt von Otto A. Böhmer

• Nikolai Gogol

Meistererzählungen. Auswahl, Vorwort und Übersetzung aus dem Russischen von Sigismund von Radecki (vorm.: *Die Nase*)
Die toten Seelen. Roman. Deutsch von Philipp Löbenstein. Mit einem Nachwort von Horst Bienek

• Jeremias Gotthelf

Uli der Knecht. Eine Gabe für Dienstboten und Meisterleute. Roman
Uli der Pächter. Roman
Anne Bäbi Jowäger. Roman
Geld und Geist. Roman. Mit einer Einleitung von Walter Muschg
Die schwarze Spinne / Elsi, die seltsame Magd / Kurt von Koppigen. Ausgewählte Erzählungen II
Meistererzählungen. Mit einem Anhang ›Gottfried Keller über Jeremias Gotthelf‹

• Heinrich Heine

Gedichte. Ausgewählt und eingeleitet von Ludwig Marcuse
Reisebilder. Mit einem Nachwort von Hiltrud Häntzschel

Ludwig Marcuse
Heinrich Heine. Melancholiker, Streiter in Marx, Epikureer

• E.T.A. Hoffmann

Meistererzählungen. Herausgegeben von Christian Strich. Mit einem Nachwort von Stefan Zweig

• Homer

Ilias
Odyssee
Beide Bände aus dem Griechischen von Johann Heinrich Voss. Edition von Peter Von der Mühll. Nachwort von Egon Friedell

• Victor Hugo

Der letzte Tag eines Verurteilten. Aus dem Französischen und mit einem Vorwort von W. Scheu
Der Glöckner von Notre-Dame. Roman. Deutsch von Philipp Wanderer. Nachwort von Arthur von Riha
Das Teufelsschiff. Deutsch von Hans Kauders. Mit einem Nachwort von Christian Schäfer

• Henrik Ibsen

Stützen der Gesellschaft. Übersetzt und herausgegeben von Heiner Gimmler

• Immanuel Kant

Deines Lebens Sinn. Eine Einführung in die Gedankenwelt des Vaters der modernen Philosophie von Wolfgang Kraus. Mit einem Essay von Otto A. Böhmer

• Gottfried Keller

Der grüne Heinrich. Roman
Die Leute von Seldwyla. Erzählungen. Erster und zweiter Band
Züricher Novellen
Meistererzählungen. Mit einem Nachwort von Walter Muschg

Pëtr Kropotkin

Ideale und Wirklichkeit in der russischen Literatur. Aus dem Englischen von B. Ebenstein. Herausgegeben und kommentiert von Peter Urban

Guy de Maupassant

Das Haus Tellier und andere Erzählungen. Aus dem Französischen von Georg von der Vring

Mamsell Fifi und andere Erzählungen, Ausgewählt, übertragen und mit einem Nachwort von Walter Widmer

Das Glück und andere Erzählungen. Deutsch von Walter Widmer

Meistererzählungen. Ausgewählt, übertragen und mit einem Nachwort von Walter Widmer

Herman Melville

Moby-Dick. Roman. Aus dem Amerikanischen von Thesi Mutzenbecher und Ernst Schnabel. Mit einem Essay von W. Somerset Maugham

Billy Budd. Novelle. Deutsch von Richard Moering. Mit einem Essay von Albert Camus

Prosper Mérimée

Meistererzählungen. Mit einem Nachwort von V.S. Pritchett

Conrad Ferdinand Meyer

Meistererzählungen. Mit einem Nachwort von Albert von Schirnding

Molière

Die Schule der Frauen / Kritik der ›Schule der Frauen‹ / Die Schule der Ehemänner

Der Menschenfeind / Die erzwungene Heirat / Die gelehrten Frauen

Der Geizige / Der Bürger als Edelmann / Der Herr aus der Provinz

Der eingebildete Kranke / Die Gaunereien des Scappino

Michel de Montaigne

Essais nebst des Verfassers Leben nach der Ausgabe von Pierre Coste, ins Deutsche übersetzt von Johann Daniel Tietz. Mit Personen- und Sachregister sowie einem Nachwort zu dieser Ausgabe von Winfried Stephan

Über Montaigne. Aufsätze und Zeugnisse von Pascal bis Canetti. Herausgegeben von Daniel Keel. Deutsch von Irene Holicki und Linde Birk. Mit Chronik und Bibliographie

Wilhelm Weigand
Michel de Montaigne. Eine Biographie

Mathias Greffrath
Montaigne heute. Leben in Zwischenzeiten

Montesquieu

Vom weisen und glücklichen Leben. Herausgegeben von Bernard Grasset. Aus dem Französischen von Erwein Freiherr von Aretin. Mit einem Nachwort von Fritz Schalk

Thomas Morus

Utopia. Roman. Aus dem Lateinischen von Alfred Hartmann. Mit einem Porträt des Autors von Erasmus von Rotterdam

Friedrich Nietzsche

Vom Nutzen und Nachteil der Historie für das Leben. Herausgegeben und mit einem Nachwort von Michael Landmann

Brevier. Ausgewählt, herausgegeben und mit einem Vorwort von Wolfgang Kraus

Gedichte. Ausgewählt von Anton Friedrich. Mit einer Rede von Thomas Mann

Ovid

Metamorphosen. Aus dem Lateinischen von Thassilo von Scheffer

Plutarch

Von der Heiterkeit der Seele. Moralia. Herausgegeben und aus dem Altgriechischen übertragen von Wilhelm Ax. Mit einer Einführung von Max Pohlenz

Edgar Allan Poe

Werkausgabe in Einzelbänden, herausgegeben von Theodor Etzel. Aus dem Amerikanischen von Gisela Etzel, Wolf Durian u. a.

Der Untergang des Hauses Usher und andere Geschichten von Schönheit, Liebe und Wiederkunft

Die schwarze Katze und andere Verbrechergeschichten

Die Maske des Roten Todes und andere phantastische Fahrten

Der Teufel im Glockenstuhl und andere Scherz- und Spottgeschichten

Die denkwürdigen Erlebnisse des Arthur Gordon Pym. Roman. Mit einem Nachwort von Jörg Drews

Meistererzählungen. Auswahl und Nachwort von Mary Hottinger

Alexander Puschkin

Meistererzählungen. Aus dem Russischen von André Villard. Mit einem Fragment ›Über Puschkin‹ von Maxim Gorki

Ernest Renan

Das Leben Jesu. Vom Verfasser autorisierte Übertragung aus dem Französischen

● Joseph Victor von Scheffel
Ekkehard. Roman. Mit einem Nachwort des Autors

● Friedrich Schiller
Die schönsten Gedichte. Ausgewählt von Christian Strich
Denken mit Friedrich Schiller. Eine Auswahl aus den Briefen und dem Prosawerk. Herausgegeben und mit einem Vorwort von Wolfgang Kraus (vorm.: *Unsterbliche Hoffnung*)
Friedrich Schiller. Sein Leben erzählt von Otto A. Böhmer

● Arthur Schopenhauer
Die Welt als Wille und Vorstellung I und *II* in je zwei Teilbänden
Aphorismen zur Lebensweisheit. Textidentisch mit Band 8 der ›Zürcher Ausgabe‹. Herausgegeben von Arthur Hübscher. Mit einem Nachwort von Egon Friedell

● Olive Schreiner
Geschichte einer afrikanischen Farm. Roman. Aus dem Englischen von Elisabeth Schnack

● Franz Schubert
Briefe. Tagebuchnotizen, Gedichte. Herausgegeben und mit einer Einleitung von Erich Valentin

● Seneca
Mächtiger als das Schicksal. Herausgegeben und aus dem Lateinischen übertragen von Wolfgang Schumacher

● William Shakespeare
Sonette. Englisch und deutsch. Herausgegeben und mit einem Vorwort von Hanno Helbling
Dramatische Werke. Übersetzung von Schlegel / Tieck, Edition von Hans Matter, Illustrationen von J. H. Füßli
Romeo und Julia / Hamlet / Othello
König Lear / Macbeth / Timon von Athen
Julius Cäsar / Antonius und Cleopatra / Coriolanus
Ein Sommernachtstraum / Der Kaufmann von Venedig / Viel Lärm um nichts / Wie es euch gefällt / Die lustigen Weiber von Windsor
Shakespeare's Geschichten. Alle Stücke von William Shakespeare nacherzählt von Walter E. Richartz und Urs Widmer, in zwei Bänden
Shakespeares Königsdramen. Nacherzählt und mit einem Vorwort von Urs Widmer. Mit Zeichnungen von Paul Flora

● Stendhal
Über die Liebe. Essay. Aus dem Französischen von Franz Hessel. Mit Fragmenten, einem Anhang aus dem Nachlaß des Autors und einer Anmerkung von Franz Blei
Rot und Schwarz. Eine Chronik des 19. Jahrhunderts. Deutsch von Rudolf Lewy. Mit einer Anmerkung von Franz Blei und einem Nachwort von Heinrich Mann
Die Kartause von Parma. Roman. Deutsch von Erwin Rieger. Mit einem Nachwort von Franz Blei
Amiele. Romanfragment. Deutsch von Arthur Schurig. Mit Fragmenten und Aufzeichnungen aus dem Nachlaß des Autors sowie einem Nachwort von Stefan Zweig
Meistererzählungen. Mit einem Nachwort von Maurice Bardèche

● Laurence Sterne
Tristram Shandy. Roman. Aus dem Englischen von Rudolf Kassner. Anmerkungen von Walther Martin

● Robert Louis Stevenson
Die Schatzinsel. Roman. Aus dem Englischen von Rose Hilferding
Dr. Jekyll und Mr. Hyde. Erzählung. Deutsch von Marguerite und Curt Thesing
Meistererzählungen. Deutsch von Marguerite und Curt Thesing. Mit einem Nachwort von Lucien Deprijck

● Adalbert Stifter
Meistererzählungen. Mit einem Nachwort von Julius Stöcker

● Jonathan Swift
Gullivers Reisen. Aus dem Englischen von Franz Kottenkamp. Mit einem Vorwort von Hermann Hesse, einer Lebensbeschreibung des Autors von Walter Scott, einem Swift-Lexikon und einem Nachwort von Franz Riederer

● Tausendundeine Nacht
Die schönsten Geschichten. Ausgewählt von Silvia Sager. Aus dem Arabischen von Max Henning und Hans W. Fischer. Mit einem Nachwort von Iring Fetscher

● Henry David Thoreau
Über die Pflicht zum Ungehorsam gegen den Staat – Civil Disobedience. Ein Essay. Zweisprachige Ausgabe. Deutsch von Walter E. Richartz. Mit einem Nachwort von Manfred Allié. Mit Anmerkungen und einer Zeittafel
Walden oder Leben in den Wäldern. Aus dem Amerikanischen von Emma Emmerich und Tatjana Fischer. Mit einem Vorwort von Wal-

ter E. Richartz, Anmerkungen, Sach- und Namenregister sowie einer Zeittafel
Vom Spazieren. Ein Essay. Deutsch von Dirk van Gunsteren

● Leo Tolstoi

Anna Karenina. Roman. Aus dem Russischen von Arthur Luther. Mit einem Nachwort von Egon Friedell
Meistererzählungen. Ausgewählt von Christian Strich. Deutsch von Arthur Luther, Erich Müller und August Scholz
Auferstehung. Roman. Deutsch von Ilse Frapan. Mit einem Nachwort von Stefan Zweig

● Iwan Turgenjew

Meistererzählungen. Herausgegeben, aus dem Russischen und mit einem Nachwort von Johannes von Guenther

● Mark Twain

Tom Sawyers Abenteuer. Roman. Aus dem Amerikanischen von Lore Krüger. Nachwort von Jack D. Zipes
Huckleberry Finns Abenteuer. Roman. Deutsch von Lore Krüger. Mit einem Essay von T.S. Eliot
Bummel durch Europa. Deutsch von Ana Maria Brock
Ein Yankee aus Connecticut an König Artus' Hof. Roman. Deutsch von Lore Krüger
Meistererzählungen. Auswahl von Marie Louise Bischof. Vorwort von N.O. Scarpi

● Jules Verne

Die Hauptwerke, ungekürzt und originalgetreu.
Reise um die Erde in achtzig Tagen. Aus dem Französischen von Erich Fivian
Fünf Wochen im Ballon. Deutsch von Felix Gasbarra
Von der Erde zum Mond. Roman. Deutsch von William Matheson
Reise um den Mond. Roman. Deutsch von Ute Haffmans
Zwanzigtausend Meilen unter Meer. Roman in zwei Bänden. Deutsch von Peter Laneus und Peter G. Hubler
Reise zum Mittelpunkt der Erde. Roman. Deutsch von Hansjürgen Wille und Barbara Klau
Die Erfindung des Verderbens. Roman. Deutsch von Karl Wittlinger
Zwei Jahre Ferien. Roman. Deutsch von Erika Gebühr
Das Karpathenschloß. Roman. Deutsch von Hansjürgen Wille und Barbara Klau

● François Villon

Lieder und Balladen. Das Kleine Testament/Die Balladen/Das Große Testament. Aus dem Französischen und mit einem Nachwort von K.L. Ammer

● Voltaire

Candide oder Die beste Welt. Erzählung. Aus dem Französischen von Johann Frerking
Briefe aus England. Herausgegeben, übersetzt und mit einem Nachwort von Rudolf von Bitter

● Walt Whitman

Grashalme. Nachdichtung von Hans Reisiger. Mit einem Essay von Gustav Landauer

● Oscar Wilde

Der Sozialismus und die Seele des Menschen. Ein Essay. Aus dem Englischen von Gustav Landauer und Hedwig Lachmann
Sämtliche Erzählungen sowie 35 philosophische Leitsätze zum Gebrauch für die Jugend. Herausgegeben und mit einem Nachwort von Gerd Haffmans. Zeichnungen von Aubrey Beardsley
Das Bildnis des Dorian Gray. Roman. Deutsch von W. Fred und Anna von Planta
De profundis. Epistola: in carcere et vinculis sowie Die Ballade vom Zuchthaus zu Reading. Deutsch von Hedda Soellner, Otto Hauser und Markus Jakob. Mit einem Nachwort von Gisela Hesse und einem Essay von Jorge Luis Borges
Extravagante Gedanken. Eine Auswahl. Herausgegeben und mit einem Vorwort von Wolfgang Kraus. Auswahl und Übersetzung von Candida Kraus